문학을
걷다

지은이 | **김윤식**

1936년 경남 진영 태생.
문학평론가, 서울대 명예교수.
저서로는 『이상의 글쓰기론』(2010), 『임화와 신남철』(2011), 『혼신의 글쓰기, 혼신의 읽기』(2011), 『한일 학병세대의 빛과 어둠』(2012), 『내가 읽고 만난 일본』(2012), 『전위의 기원과 행로』(2012), 『내가 읽은 박완서』(2013), 『내가 읽은 우리 소설』(2013), 『문학사의 라이벌 의식』(2013) 등이 있음.

문학을 걷다: 김윤식이 만난 문학 이야기

발행일 초판1쇄 2014년 9월 25일 | **지은이** 김윤식
펴낸곳 (주)그린비출판사 | **주소** 서울 마포구 동교로17길 7, 4층(서교동, 은혜빌딩)
전화 02-702-2717 | **이메일** editor@greenbee.co.kr | **등록번호** 제313-1990-32호

ISBN 978-89-7682-237-6 03800
이 도서의 국립중앙도서관 출판시도서목록(CIP)은 서지정보유통지원시스템 홈페이지(http://seoji.nl.go.kr)와
국가자료공동목록시스템(http://www.nl.go.kr/kolisnet)에서 이용하실 수 있습니다.(CIP제어번호: CIP2014025496)

김윤식이 만난 문학 이야기

문학을 걷다

김윤식 지음

gB
그린비

| 일러두기 |

1 이 책은 2005~2014년 『한겨레신문』에 연재된 문학 칼럼 '김윤식의 문학 산책' 중 2010년 이후의 칼럼 일부를 단행본으로 엮은 것이다.

2 단행본·정기간행물 등에는 겹낫표(『 』)를, 단편·회화·논문·텔레비전 프로그램 등에는 낫표(「 」)를 사용했다.

3 외국 인명이나 지명은 2002년 국립국어원에서 펴낸 외래어표기법을 따르는 것을 원칙으로 했다.

머리말 엉거주춤한 문학의 표정

『한겨레신문』에 '김윤식의 문학 산책'이라는 칼럼을 만 8년 동안 써 왔소. 초기엔 한 달에 여러 번 썼으나 힘에 부쳐 근래에는 한 달에 한 번씩 쓰고 있소. 대체 칼럼이란 무엇인가. 신문의 '상시 특별 기고'라고 사전에 적혀 있소. 또 '일정한 기고자가 담당하는 시평, 수필 따위'를 가리킴이오. 나는 이에 깊이 생각한 바 있소. 원고지 8매 분량으로 썼을 뿐이오. 어떤 때는 제법 길게 쓴 것을 깎고 다듬어 8매를 채웠소.

내가 제일 염두에 둔 것은 세상이나 남을 칭찬하고 기리는 것이었소. 좋은 글이란 이렇게 남이나 세상을 기리는 것임을 나는 비평에서 배웠소. 나는 비평가이지만, 비평에 대해 깊이 있게 분석하고 가치를 측정하고 한 바 없소. 다만 좋은 글이란 그 작품을 기리고 감동하고 그럼으로써 나와 남을 감동시키는 것이라는 믿음을 갖고 있소. 조금 야한 표현으로 남을 '깐다'는 말이 있소. 비평이란 원래 그래야 한다는 듯이. 그러나 내가 알기엔 그런 글 중에 좋은 글이 없었소. 그렇다고 내가 쓴 칼럼이 명문이란 뜻은 결코 아니외다. 그렇기는 하나 다음과 같은 원칙이랄까 안목을 갖고 썼음을 좀 드러내고 싶소.

첫째 내가 한국 근대문학의 전공자라는 것. 근대란 무엇인가. 이를 알기 위해 상당한 공부를 내 딴엔 했소. 베네딕트 앤더슨의 『상상의 공동체』(1983)에서 이 점이 세계사적 규모로 정리되어 있었소. 인류사에서 기껏해야 200년 남짓한 기간을 근대라 한다는 것. 이 한정된 기간 속에서 한국 근대문학이 형성, 발전되었던 것. 근대의 종언 또는 해체가 진행되는 21세기인 오늘날에서 보면 그 한계가 뚜렷하지 않겠습니까. 그럼에도 나는 근대를 벗어날 수 없다는 것. 그러니까 엉거주춤할 수밖에.

둘째 내가 바라보는 세계란 한·중·일 삼국에 관련된다는 것. 그것도 극히 표층적으로. 한국과 일본의 관계가 이 칼럼에 제일 비중 있게 다루어졌소. 이광수, 염상섭, 김동인 등의 소설이 그 대표적인 사례이오. 또 「오감도」(1934)의 시인이자 작가인 이상이 특히 그러하오. 기호로 문학을 한 최초의 사례. 그러니까 이중어 글쓰기(『상상의 공동체』)로 나선 이상이 일본 문학에 직결되었음이 그러하오. 김소운의 일역 『조선시집朝鮮詩集』(1943), 김시종의 일역 『윤동주 시집—하늘과 바람과 별과 시尹東柱詩集 空と風と星と詩』(2012)도 그러하며, 교토의 헤이안조(平安朝) 교양과 윤동주의 비석도 그러하오. 이런 것은 이 칼럼집의 특징이라 할 만하오. 루쉰과 김사량, 충칭 임시정부와 『장정』(김준엽, 1987~2001), 『돌베개』(장준하, 1971), 잡지 『등불』과 『제단』, 또 OSS(미국전략첩보대)의 경위도 그러하오.

셋째 세계문학에도 조금 관여되었다는 것. 대체 세계문학이란 있는 것일까. 내가 말하고자 하는 것은 보르헤스와 카프카 정도. 150만의 외국인을 받아들인 우리나라는 바야흐로 다국적 시대가 아닐 것인가. 한국어가 뭐 그리 대단할까 보냐. 보르헤스 말대로 근대 이전에도, 이후에도 이야기는 이어져 있는 것. 카프카의 말대로 푹신푹신한 담요에 싸여 침대에 누워 자지만 실은 원시시대와 다름없이 머리를 땅에 처박고 적이 쳐들어올까 봐 전전긍긍하면서 자고 있는 것.

넷째 한국 현대의 뜨끈뜨끈한 작품을 대한다는 것. 아는 사람은 알겠지만, 나는 수십 년 동안 한 번도 빠짐없이 소설 월평을 써 왔고, 또 하고 있소이다. 칼럼에 그 월평의 한 부분을 쓰곤 했소. 어떤 때는 한 해 동안의 인상적인 작품을 꼽기도 했소.

끝으로 꼭 한 가지 적어 두고 싶은 것이 있소이다. 첫째에서 넷째까지 어느 것이나 엉거주춤하다는 점이외다. 서지도 못하고 앉지도 못하는 그런 상태. 우리 인생도 그러하지 않을까, 라고 나는 여기고 있소. 제 넋두리를 들어 주신 독자께 고개 숙여 감사드립니다.

2014년 1월

김윤식

차례

제2부 세계를 업고 다니는 대리운전사

제3부 아직도 월평을 쓰고 있는가

제1부

악마와의 결탁 없이도 창작이 가능할까

LST 체험과 분단문학

불기 2549년 부처님 오신 날 오후 조계사에 갔소. 긴 줄을 서서 참배하고 나오자, 놀라워라, 마당 가득 노래 한마당. 더욱 놀라운 것은 마이크를 쥔 가수의 손짓에 따라 사부대중이 손뼉 치며 목 놓아 합창하고 있지 않겠소. "굳세어라! 금순아!"라고. "눈보라가 휘날리는 바람 찬 흥남 부두에……" 바로 현인 선생의 그 노래. 더욱 놀란 것은 따로 있소. 부처님께서 저 노래를 좋아하심을 어째서 저들은 대번에 알아차렸을까.

귀가하여 밤 늦게까지 소설 한 편을 읽었소. 김동리의 「흥남 철수」(1955)가 그것. 중공군 개입으로 국군 및 유엔군의 후퇴가 결정되어 서울 시민 대피령과 흥남 철수가 동시에 발표된 것은 1950년 12월 24일. 이 흥남 교두보 작전은 한·미 장병 10만 2천 명, 민간인 9만 8천 명을 탈출시킨 것으로, 전 세계가 주시하는 자유 전선의 아슬아슬한 건널목이었던 것. 바로 이 결정적 장면에 창작의 모티프를 둔 점이야말로 대가 김동리의 이른바 착상의 패기가 아니었을까. 그렇지만 착상의 패기만으로 작품이 될 이치가 없는 법. 이를 어떻게 처리했을까.

종군시인 철의 눈으로 윤 노인과 두 딸의 비극적 장면을 그려 냈소. 큰딸은 간질병 환자로 설정됐소. 가까스로 승선표를 얻어 낸 철이 윤 노인과 두 딸을 함께 승선시키려는 찰나, 큰딸의 발작이 일어났소. 철이 큰딸을 들쳐 업었을 때, 지친 윤 노인은 바다에 추락했고 작은딸은 그를 구하러 바다에 뛰어들었소. 그 순간 배의 문이 닫혔소. 큰딸만이 구출됨으로써 이 작품의 휴머니즘은 무겁게 닫히오.

이 작품에서 주목되는 것은 피난민 후송선의 명칭이오. 작가는 아무런 주석도 없이 이렇게 세 번 배의 명칭을 적었소. "엘·에스·티"라고. 당시로서는 엘·에스·티(Landing Ship for Tanks, 탱크를 위한 상륙용 선박)가 웬만한 군사용어와 함께 상식화되지 않았을까 싶소. 그렇지만 그것이 이 나라 분단문학의 문학사적 문맥 속에서 DNA로 각인되었음은 다음 두 걸출한 작가의 운명으로 인해서이오. 『광장』(1960)의 작가 최인훈과 「판문점」(1961)의 이호철이 그들이오. 원산고등중학 1년생 최인훈이 가족과 함께 흥남 부두에서 엘·에스·티를 탄 것은 1950년 12월 24일 이후로 추정되오.

이 엘·에스·티 체험이 최인훈 문학의 원점이었다면, 이와 같은 의미에서 또 한 사람의 작가로 이호철을 꼽지 않을 수 없소. 원산고등중학 3년생인 19세의 이호철이 엘·에스·티를 타고 단신으로 부산 제1부두에 닿은 것은 1951년 1월 9일 아침. 이때 주목되는 것은 '단신'이라는 점이 아닐 수 없소. 체호프 전집과 '단신' 월남의 이호철로 그의 삶과 문학은 가늠되오. "1월 초 단신으로 LST를 타고 월남함"(연보)이라 그는 표 나게 적었소. 이호철에 있어 북쪽의 부모란 항시 변치 않는 북두칠성이 아니었을까. 그의 머리는 늘 그쪽을 향할 수밖에. 이것이 밤의 사상이오. 데뷔

한국전쟁 참전과 포로 생활, 분단의 아픔을 겪은 자신의 삶을 글로 써 내려간 작가 이호철

작「탈향」(1955)에서 보듯 그는 남쪽에 뿌리내리기에 필사적이었을 수밖에. 이것이 대낮의 논리. 분단문학의 참뜻이 이 속에 있소. 유형, 또는 망명의 문학으로 말해지는 최인훈과의 변별점도 이에서 오는 것이 아닐까.

2010. 6. 5.

도스토옙스키와 하루키

빨간 거미와 검은 거미

『보바리 부인』(귀스타브 플로베르, 1857)의 마지막 장면엔 '운명'이란 말이 나와 있소. 아내를 죽게 한 남자를 만난 보바리가 이렇게 말했다고 작가는 적었소. "이게 다 운명 탓이지요"라고. 오랜 시간 거듭 고치며 단어와 투쟁했고 문장 앞에서 단말마의 고통을 겪었다는 작가의 마지막 말치고는 의외라 할 만하오.

『악령』(1872)의 작가 도스토옙스키도 결정적인 대목에서 이 말을 썼소. 주인공 스타브로긴을 자살케 한 사건을 작가는 이렇게 적었으니까. "극히 흥미 있는 상념이 나의 머릿속을 스쳐 지나갔다. 왜 이런 상념이 제일 먼저 내 마음속에 떠올랐는지 지금도 알 길이 없다. 이를테면 그러한 운명이었다고 보인다"라고. 여기에 나오는 "극히 흥미 있는 상념"이란 대체 무엇인가. 자기에게 겁탈당한 소녀가 고통을 이기지 못해 목매 죽는 장면을 눈 하나 깜짝 않고 몰래 엿보기가 그것. 이 장면이 바로 지성적이라고 작가는 주장하오.

내가 주목하는 것은 바로 이 '명확한 의식', 그러니까 "극히 흥미 있는 상념"을 보여 주는 작가의 수법에 있소. 주인공은 소녀의 자살 장면을 엿보기 위해 시계를 보고 있소. 그러다 한순간 망아의 경지에 빠지오. 창문 옆 접시꽃 위에 있는 조그맣고 빨간 거미를 보고 있는 동안이 그것. 시계를 재 보니 소녀가 방을 나간 지 20분이 지났소. 문제는 이 빨간 거미에 있소. 주인공은 훗날 유럽 여행 중 황금시대의 꿈을 꾸었소. 꿈에서 깨자 난데없이 한 점이 나타나더니 점점 커지지 않겠는가. 그것은 "조그마한 빨간 거미"였던 것. 주인공은 이 빨간 거미를 안고 4년 동안 고민하다 자살했던 것.

작가 무라카미 하루키는 어떠했을까. 근작 『1Q84』(2009)도 운명 타령에서 자유롭지 못하오. 매력적인 여주인공(남자의 고환을 정확히 차는 데 세계 제일의 선수)이 옛 소학 시절의 남자친구를 끝내 만나지 못하고 권총자살을 마음 먹었을 때 작가는 이렇게 적어 놓았소. "생각해 보면 그것이 내게 주어진 운명이다"라고. 내가 주목한 것은 작가의 수법이오. 이 여주인공을 작가는 맨 앞 장에 내세웠소. 고속도로를 택시로 달리다 교통 체증에 막히자, 이 여자 좀 보소. 뭇시선을 아랑곳하지 않고 택시에서 내려 스커트를 허리까지 밀어 올리고 도로의 철책을 넘어 비상구를 찾지 않겠는가. 작가는 이렇게 적었소. "비상계단은 평소에는 거의 쓰지 않는지 군데군데 거미줄이 있었다. 조그만 검은 거미가 그곳에 달라붙어 조그만 사냥감이 걸려들기를 참을성 있게 기다리고 있었다"라고. 그리고 급히 덧붙였소. "하지만 거미로서는 애당초 참을성이라는 의식도 없었을 것이다"라고. 어째서? 거미는 본능에 따르니까. 그녀를 보시라. 자기 의지대로 하고 싶은 대로 살 수 있지 않겠소. 작가는 이를 두고 '비상구'가 있다고 했소.

그러나 1984년을 기점으로 해서 비상구가 없는 세계에 놓였다면 어떻게 될까. 내가 문제 삼는 것은 또 비상구에 대한 작가의 수법에 있소. 그녀가 반년 뒤 택시로 고속도로를 달리고 있소. 이번에도 교통 마비. 역시 그녀는 택시에서 내려 철책을 찾소. 왜? 비상계단의 그 검은 거미를 보기 위함이 아니었을까. 작가는 이렇게 적었소. "그녀는 수도고속도로의 비상계단에 집을 짓고 있던 조그마한 거미를 떠올렸다. 그 거미는 아직도 살아 거미줄을 치고 있을까"라고. 급히 또 덧붙였소. "그녀는 미소 지었다"라고. 불행히도 1984년을 기점으로 비상계단이 없어졌음을 그녀는 몰랐으니까. 달이 둘씩이나 뜬 세계 말이외다. 자살할 수밖에요.

2010. 6. 26.

보편어를 꿈꾸는 걸음걸이

『Asia』라는 제호의 계간 종합 문예지가 있소. 영어 표기가 원칙. 아시아 중심이라는 것. 어째서 아시아를 중심으로 하는 문예지가 영어 표기어야 하는가를 묻기 전에 이 문예지 속으로 들어가 보면 두 가지 점이 부각되오. 아시아 중심이라고는 하지만 실상 베트남, 필리핀, 인도, 네팔 등에 편중되었음이 하나.

다른 하나는, 이 점이 조금 기묘한데, 한국 작가의 경우엔 영역(英譯)과 함께 한국어로 실렸다는 점. 이를 어떻게 이해해야 적절할까. 제3세계 지역이 영어를 보편어로 하여 생활하고 있음이 현실이라면 한국 작품도 영어로만 실어야 하지 않았을까. 한국 독자를 겨냥한 조치라고 한다면 아시아의 명분에 어긋나는 지방성의 노출이며, 한국이 주체적으로 작용했다면 이 역시 아시아적 명분에 어긋나는 것. 왜냐면 아시아주의의 명분이라면 그 어느 나라도 중심체일 수 없으니까.

그럼에도 이런 문예지의 출현은 심상치 않은 징후이오. 새로운 세계를 열고자 하는 몸부림으로 평가되기 때문. 그 증거의 하나로 송기원의

「육식」(2007)을 들 수 있소. 네팔 토롱 고개를 건넌 채식주의자 한국인이 원주민 노파가 내미는 야크 고기 조각 앞에서 큰 깨침을 얻는 장면은 한 알의 보석이라 할 수 없을까. 정도상의 「얼룩말」(2008)도 그러하오. 탈북자 세 명이 옌지(延吉) 시에서 출발하여 겪는 모험은 저 세렝게티 평원의 생리에 다름 아닌 것. 요컨대 이런 계열의 작품이란 편집주간인, 「존재의 형식」(2003)의 작가 방현석의 베트남 체험의 처녀성과 인접해 있다고 할 것이오.

이와는 대조적인 것에 계간 『자음과모음』의 한·중·일 작가 동시 편집이 있소. 이 기묘한 몸부림은 또 무엇인가. "우리는 지금까지 존재해 온 그 어떤 한·중·일 문화 교류보다 더욱 구체적이고 지속적이며 창조적인 문화 소통을 꿈꾼다"라고 이들은 내세웠소. 꿈이라 했으니까 굳이 탈 잡을 것은 못 되나 그럼에도 기묘함을 물리치기 어려운 것은 한·중·일을 망설임도 없이 묶었음이오. 대국 중국과 일본에 견줄 수 있는 한국 문화의 창조에 문학도 그 몫을 하겠다는 이 몸부림은 저 『Asia』의 태도와 견줄 때 어떠할까.

무엇보다 한·중·일이 각각 자국어로 번역되어 게재된다는 사실, 곧 '언어와 시장'의 벽을 넘는다고 주장했음이오. 언어의 넘어섬이란 저 『Asia』의 처녀성에 비해 여성성이라 할 만하오. 그것이 '시장'과 맞닿았음에서 오는 것인 만큼 훼손된 가치 속에 함몰될 가능성에 노출됨이오. 도시, 성, 여행, 상실 등을 공동 주제로 했음이 그 증거. 보시라. 이승우의 「칼」(2010)이 놓일 자리란 아무 데도 없으니까.

중요한 것은 『Asia』도 『자음과모음』도 함께 일방적이라는 사실. 그 누가 이 몸부림에다 삿대질을 하리오. 학병 출신 글쓰기의 작가 이병주를 기린 국제문학상을 만들고 제1회는 베트남 작가 레 민 퀘(Lê Minh Khuê, 2008)에게, 두번째는 중국 작가 왕안이(王安憶, 2009)에게 상을 준 것은 이와는 또 다른 문맥이라 할 수 없을까.

이 처녀성, 여성성 다음 차례에 오는 것이 노인성이 아니겠소. 영미권 혹은 유럽권과의 몸부림이 그것. 현재로선 유관 단체의 시도 외엔 누구도 이에 대해 몸부림조차 치지 못한 형편. 이러한 우리 식 몸부림의 의의는 어디에서 찾아야 할까. 보편어로 인류의 영원한 꿈꾸기인 문학하기가 그것. 우리는 시방 그 꿈꾸기의 입구에 서 있소.

2010. 7. 23.

소설 주인공에 대한 소설 쓰기

독고준의 투신자살에 부쳐

"최인훈 선생님의 『회색인』과 『서유기』를 젊은 시절 읽었을 때 나는 독고준의 미래가 궁금했다. 이 소설은 독고준이 살 수도 있었을 한 삶의 스케치다"라고 시작되는 소설 『독고준』(2010)의 작가 고종석 씨는 1959년생. 『광장』을 낳은 4·19 혁명이 터졌을 때 겨우 두 살배기. 이렇게 먼저 물어야 하오. 4·19란 무엇인가, 라고.

『회색인』(최인훈, 1963~1964)의 작가도 그러했겠지만 『독고준』의 작가야말로 이에 대해 단호한 대답을 갖고 있어 보였소. 자유로 표상되는 4·19란 당연히도 또 압도적으로 서구적 소산이라는 것. 6·25를 만나 누나와 모친을 두고 아비와 매형이 미리 가 있는 이남으로 단신 월남한 원산중학생 독고준이 이런저런 곡절을 겪으며 대학에 들고 동인지 『갇힌 세대』로 활동하면서 한반도의 수압을 잴 때의 그 수압계란 단연 서구산이었으니까. 이러한 자유의 개념을 안고 살아온 독고준의 삶이란 어떠했을까.

작가 고 씨는 이 궁금증 앞에 충격요법을 도입했소. 74세 독고준의 자살이 그것. 전직 대통령의 자살과 같은 날짜. 이 경우 소설적 장치에 주목할 것. 전직 대통령이 유서를 남겼는데 독고준은 일기를 남겼다는 것. 그 일기(1960.4.28~2007.12.29)란 30권 분량.

문제는 일기의 첫번째 독자에서 오오. 40대 중반의 영문학 교수이자 문학평론가인 독고원. 바로 독고준의 맏딸. 이 딸을 좀 보소. 일기를 읽으며 촘촘히 논평을 가하고 있소. 때로는 난감하게, 때로는 용감하게, 또 때로는 응석받이로. 그야 어쨌든 부전여전일 수밖에. 무엇이 부전여전인가. 글쓰기가 그것. 동성애 말이외다. 딸의 동성애를 적극 지지한 아비.

알게 모르게 작가 고 씨도 이에 깊이 가담하고 있어 보이오. 카뮈, 사르트르, E. H. 카, 레이몽 아롱, 바슐라르, 피카소 등등으로 독고원을 지원해 주고 있으니까. 그렇다면 독고준의 저 자살이란 대체 무엇인가. 이 자살 앞에 작가 고 씨 또한 모종의 회의에 빠져 있소.

혁명, 자유, 인간다움 등등 인간의 위엄에 어울리는 것들이란, 독고준이 기대어 온 기본율인 자유의지의 소산이라는 것. 그런데 안 그런지도 모른다는 회의가 스며들었다면 어떻게 될까. 자장면을 시켰을 때 과연 그것이 내 자유의지의 소산인가, 그때의 입맛에 따른 생리적 조건인가. 전자에 기댄 독고준은 자기기만이 아니었던가. 이미 자결한 마당이기에 니체의 『권력에의 의지』(1901)를 읽었던들, 하고 안타까워해 봐야 소용없는 일. 권력에의 의지엔 '주체'가 없다는 니체의 사상 말이외다.

소설 『독고준』이 안고 있는 문제점은 많지만, 그 중에서도 중요한 것이 따로 있소. 소설 주인공을 인격체로 환원시켜 주인공으로 삼았다는 점. 이는 「소설가 구보 씨의 일일」(박태원, 1934)의 흉내작들과는 판연히 구별되오. 차라리 그것은 『율리시스』(1922)의 작가 제임스 조이스의 경우와 흡사하오. 재능 있고 할 말이 많으나 인물 창조에 흥미를 못 가진 작가의 장기라고 할까요. 이때 주목되는 것은 그런 주인공을 가진 우리 소설 쪽이오. 『서유기』(1966), 『회색인』만큼 강렬한 주인공 말이외다.

2010. 10. 23.

해당화를 위하여

박경리와 최인훈

"해당화 피고 지는 섬마을에……" 국민 가수 이미자 씨의 노래 한 대목(「섬마을 선생님」, 1967). 가시가 많으며 작은 잎은 길둥근 모양에 톱니가 있고 또 솜털이 있다는 것. 5월에 짙은 붉은색 꽃이 피고, 8월엔 황적색의 열매를 맺으며, 바닷가 모래땅이나 산기슭에 자라며, 우리나라와 일본, 사할린, 만주, 캄차카반도에 분포한다는 것. 사전에 적힌 이 꽃의 첫번째 특징에 주목할 것이오. 왈 가시가 많다는 것.

이 나라 최고 소설로 꼽히는 『토지』(박경리, 1969~1994)는 1897년(대한제국 원년) 추석에서 비롯, 8·15 해방으로 끝나오. 역사는 최 참판댁을 여지없이 휩쓸었고 그 역사의 종언이 8·15이오. 그 종언을 작가는 다만 이렇게 적었소. "서희는 투명하고 하얀 모시 치마 저고리를 입고 해당화 옆에 서서 하늘을 올려다보고 있었다. 어머니! 일본이 항복을 했다 합니다! [……] 서희는 해당화 가지를 휘어잡았다. 그리고 땅바닥에 주저앉았다"라고. 생각건대, 필시 최서희의 손바닥엔 피가 낭자하지 않았을까. 심한 통증도 잇따랐을 터. 이에 대해 작가는 냉담했소. 한마디 언급도 없었으니까.

이 결말 장면 탓이었을까. 해당화를 대할 적마다 가슴이 베인 듯한 섬뜩함을 물리치기 어려웠소. 바이칼 주변에서도 그러했고 용유도 갯가에서도 그러했소. 그래도 그럭저럭 견디어 왔소. 현실의 해당화는 실물이니까. 실물인지라 냄새를 맡을 수도, 빛깔을 볼 수도, 또 만져 볼 수도 있으니까. 곧 가시에 찔려 통증을 느낄 수 있고, 피도 흘려 볼 수 있고, 또 사람들을 향해 "여기 해당화가 있다"라고 외칠 수조차 있었으니까.

그러나 저 『토지』에서처럼 작품이라면 어떠할까. 절대적인 것이 아닐 수 없소. 최서희가 모시 치마 저고리 입고 또 해당화 가지 휘어잡았음에 그 누가 감히 토를 달 수 있겠는가. 가문을 위해 두 자식까지 최 씨이기를 실천한 최서희가 해당화 가지 휘어잡기 외에 무엇을 할 수 있었겠는가. 이 단호함이야말로 창작의 위대함이 아닐 것인가.

그대는 혹시 무대 위에서 「달아 달아 밝은 달아」(최인훈, 1978)를 보셨는가. 염치도 없이 딸을 팔아 눈을 뜨고자 한 못난 아비가 있었소. 황해도 황주군 도화동의 심학규. 고려 중기쯤(채만식)이었을까, 아편전쟁쯤(황석영)이었을까. 최인훈은 임진왜란 때라 했소. 중국 기루에 팔린 딸을 구해 준 것은 불교도 연꽃도 용궁도 아니고 교포 인삼장수 김 서방. 그런데 귀국 도중 왜적 떼를 만났고, 노리개감이 될 수밖에. 노파가 되어 귀국한 이 딸 좀 보소. 동네 아이들을 불러 모아 달 밝은 밤 용궁 갔다 온 얘기를 들려주고 있소. 그야말로 허황한 얘기. 여기에다 작가는 천금의 무게를 달았소. 딸을 흥정하는 장사치 세계의 도입이 그것.

"(매파) 조선서 온 꽃이오. (손님) 조선? (매파) 조선나라 도화동 포구에 고이고이 피어 있던 한 떨기 해당화. 눈덩이 같은 해당화 꽃이랍니다.” 심청전 하면 으레 연꽃, 용궁, 천상, 불교, 구원의 세계. 채만식, 황석영, 윤이상의 경우도 마찬가지. 어째서 최인훈은 극력 연꽃을 물리쳤을까. 작가는 산문을 쓰고자 했으니까. 현실 그것 말이외다. 희곡도 이 작가에겐 산문이었으니까.

2010. 11. 20.

두 종류의 애완동물, 두 종류의 곤충

신춘문예 소설의 풍경

올해 신춘문예 소설엔 애완동물 두 종류와 곤충 두 종류가 등장하오. 애완동물 하나는 거북(『한국일보』). 손바닥 크기임에도 등딱지엔 육각 귀갑무늬 뚜렷한 놈. 왜 이 놈을 샀는가. 카메라를 바라보는 동공 때문. 놈을 냉장고에, 또 수조에 넣어 어두운 곳에 두었더니 동공이 하얀 점막으로 탁해지지 않겠는가. 혼자만의 방에서 타이핑 아르바이트를 하는 여자인 주인공은 실내낚시 가는 일 외에는 냉장고처럼 폐쇄된 공간에 갇혀 있소. '나'가 흰 점막으로 동공 흐린 거북 신세 되기란 시간 문제.

이번엔 곱슬거리는 흰털에 15kg의 몸을 가진 수놈 푸들이 등장하오(『조선일보』). 마트에서 아르바이트하며, 직장에 다니는 선배집에 가까스로 기식하는 고아 여대생에겐 그 선배의 애완견이 바로 골칫거리. 온갖 지혜를 짜내어 이 놈의 행패를 막아 내야 할 판. 선배가 없을 때 놈을 김장용 밀폐통에 가두고 냉장실에 처넣었군요. 한참 후 냉장고 문을 여니 놈이 아직 살아 있지 않겠는가. 놈을 어떻게 해야 할까. 방법은 하나. 대학을 때려치우기가 그것. 푸들은, 그러니까 안간힘을 쓰며 대학을 다니고자 하는 주인공의 분신이었던 셈. 그러고 보니 냉장고, 폐쇄 공간, 애완 동물의 삼각형 도식이 선명합니다그려.

한편 두 종류의 곤충은 어떠할까. 어학연수차 프랑스에 온 지 수개월째에 접어든 결혼 3년째이고 별거 중인 여인이 있소(『경향신문』). 관광인지 도피인지 불명인 이 여인이 묵는 기숙사엔 바퀴벌레가 출몰하오. 60년대의 가난 속에서 익숙해진 그 바퀴벌레가 21세기 프랑스 기숙사에 출몰하다니. 얼마나 얕잡아 봤으면 또 얼마나 저질이었으면 이런 곳에 머물렀을까. 불을 끄기만 하면 바퀴벌레가 몸 위를 스멀스멀 기어 다니는 환각. 이 환각에서 벗어나는 길은 무엇일까. 딱 한 가지. 말하기. 누군가에게 말하기. 거짓말이든 참말이든 말하기. 왜냐면 그 누구도 상대방 말을 백 퍼센트 이해하지 못하는 법이니까.

곤충의 또 하나는 나비(『문화일보』). 참산뱀눈나비를 아시는가. 부드러운 갈색과 어두운 고동색 날개를 가진, 유달리 시맥(힘줄)이 도드라진 귀족. 이 놈에게 눈독을 들인 미술학도가 있었소. 그 굉장한 날개를 떼어 내 작품 만들기. 그래야만 미학이 이루어진다면 무릅쓸 수밖에. 악마와도 타협해야 할 판이니까. 과연 전시장에서 여사여사한 이유로 속인들은 그 잔인함에 아연해 했소. 왜냐면 완성된 작품에서 본 것은 날개가 아니라 무수한 시체였으니까. 작업실에 돌아온 이 미학도는 작업대 위의 통에서 아직도 살아서 꿈틀대고 있는 날개 잘린 나비들과 마주치게 되오. 날개 잃은 나비의 짝짓기 행위.

경주 황남대총에서 발굴(1973)된, 비단벌레의 등날개로 장식한 말안장 앞뒤가리개를 아시는가. 비단벌레의 초록빛 금색 등껍질을 떼어 내 장식으로 사용했던 것. 심지어 불상을 담아 두는 두지(뒤주)에도 사용했던 것(일본 호류지法隆寺의 옥충주자玉蟲廚子가 그것). 비단벌레도 날개 없이 짝짓기를 했을까. 도대체 미의 존재방식이란 생명의 그것과 역방향에 서는 것일까.

2011. 1. 15.

선우휘의 「외면」과 이병주의 「변명」

세대 감각으로서의 문학의 절대성

「외면」(1976)을 발표하면서 작가 선우휘는 비장한 선언을 했소. "금년 55세, 이 나이에 내가 문학의 가치가 무엇인지 분명히 알게 되었다면 사람들은 웃을 것인가"라고. 분명히 알게 된 것은, 문학의 가치가 절대적 가치라는 것. 그러니까 정치·경제·언론·종교 그 어느 것으로도 안 되는 것에 있다는 것. 이런 깨침의 첫번째 작품이 중편 「외면」.

"몬텐루파 일본군 전범 수용소가 있는 이곳에서는 어디서나 하루 종일 내려쬐이던 햇빛이 어느새 자취를 감추는가"로 시작되는 「외면」은 태평양 전쟁 직후 미군 포로 학대 죄목으로 처형을 앞둔 포로 감시원 조선인 하야시(임재수)가 BC급 전범으로 처형되는 과정을 그렸소. 일본군은, 『콰이강의 다리』(피에르 불, 1952)에서 보듯, 조선인을 포로 감시원으로 기용했소. 『콰이강의 다리』의 작가는 "고릴라처럼 생긴 조선인 감시원"이라 적어마지 않았소.

1921년 농부의 셋째로 태어난 임재수가 출세할 수 있는 길은 일제의 조선인 지원병 제도(1943)였소. 그런 그가 포로에게 가장 악독하게 굴었다는 것. 임재수가 한 짓은 상관인 모리 군조의 명령에 따른 것. 문제는 여기에서 발단되오. 상관이 모든 책임을 임재수에게 덮어씌웠다는 것. 임재수는 하야시이기도 했으니까. 법률 전공의 미군 장교가 갈피를 잡지 못할 수밖에. 도쿄대 출신의 일군 소위의 자문을 구했으나 역부족. 왜냐면 모리 군조의 결정적인 발언 앞에 아무도 입을 열 수 없었기 때문. "그는 조센징이니까요"가 그것. 이 기막힌 역사 앞에서 작가 선우휘가 깨친 것은 문학의 절대성이외다.

이병주의 「변명」(1972)은 어떠할까. 화자는 쑤저우(蘇州) 주둔 일군에 소속된 조선인 학도병 '나'. 이 작품의 중심부에 놓인 것은 탁인수라는 인물. 경북에서 낳고 도쿄 W대학 경제학부를 나와 1944년 1월 20일(조선인 학도병 4385명 일제 입영)에 용산 부대를 거쳐 중국 전선에 파견, 탈주했고 조선인 부대를 만들 목적으로 상하이에 잠복했으나 일제 헌병에 체포되어 군사재판을 받아 처형되오.

"너는 조선 독립이 가능하다고 생각하느냐"라는 재판관의 질문에 탁인수의 답변은 이러했소. "가능하든 않든 꼭 독립을 해야 한다고 생각한다"라고. "반성하는 빛이 있으면 너를 살려 줄 수도 있다"에 대한 탁인수의 대답은 이러했소. "나는 죽음을 택하겠다"라고. "너의 불충, 불효, 불손한 행위가 너의 가족에게 미칠 화를 생각해 본 적이 있는가"에 대해 탁인수의 대답은 이러했소. "나의 불효는 장차 역사가 보상해 주리라고 믿는다"라고. 8·15가 왔을 때 '나'는 물론 그 엄숙한 탁인수의 역사 속에 끼어들 수 없었다고 했소. 왜냐면 '나'란 일군의 용병, 한 마리 버러지에 불과했으니까.

가진 것 없는 임재수. 그는 출세를 위한 지원병이었으나, 탁인수나

'나'는 학도병이었소. 임재수가 역사를 몰랐다면 탁인수는 너무도 잘 알고 있었소. 이 나라 문학이 이 두 부류의 인간의 역사를 한동안 잊지 않았던가. 혹시 4·19의 문학적 감수성(자유)이 이를 눌렀음일까. 4·19도 문학의 절대성이었으니까.

2011. 5. 21.

악마와의 결탁 없이도 창작이 가능할까

토마스 만과 공지영

운명에 절대 복종하는 소설에 『백경』(허먼 멜빌, 1851)이 있소. 백경을 좇는 선장 에이헙은 부하들 앞에서 이렇게 외쳐 마지않소. "나는 운명의 부하다. 그 명령에 따른다. 알겠는가. 이것은 바다가 있기 전 태곳적부터 예정된 것이다"라고. 니체는 이렇게 부르짖었소. "당신의 운명은 초인이다"라고. 운명을 스스로 창조해야 한다는 것.

이처럼 "나는 하나의 운명이다"라고 외칠 때 이런 목소리는 너무 굉장해서 소설 속으로 들어오긴 어렵소. 한 인간이 낳고 살고 사랑하며 죽었다는 것을 다루는 소설에서는 운명에 번롱당하는 인간으로 가득 차 있음이 보통이오.

이 사실을 썩 그럴듯하게 보여 준 소설에 『보바리 부인』(귀스타브 플로베르, 1857)이 있소. 속물인, 시골의사 부인 보바리가 바람피우다 자살한다는 이 시시한 내용의 소설이 고전으로 취급되는 이유란 많겠으나, 시시하다는 것도 그 중에 들지 않았을까. 이 점을 드러내기 위해 작가는 '운명'을 들고 나왔소. 아내를 죽게 한 장본인을 향해 남편은 이렇게 말했소.

"이게 다 운명 탓이지요"라고. 작가는 이를 두고 '엄청난 말'이라 했소.

이 나라 근대 소설의 주춧돌의 하나인 「배따라기」(김동인, 1921)는 어떠할까. 형이 보기엔 아내와 동생의 관계가 수상했다. 이른바 삼각관계의 의혹. 분한 아내가 자살. 아우도 가출. 형은 배꾼이 되어 10년 만에 드디어 아우를 만났다. 아우가 말했다. "형님, 거저 다 운명이외다"라고. 그러고 보니 소설 결말치고는 이처럼 시시한 것이 없겠소. '다 운명이다' 또는 '팔자다'라고 하면 그만이니까. 루카치도 지라르도 소설 결말의 시시함에 주목, '악마적이다' 또는 '아이러니다'라고 했을 정도.

「맨발로 글목을 돌다」(공지영, 2011)는 이를 한 번 더 일깨워 주었소. '글목'이란 글이 모퉁이를 도는 길목을 가리킴인 것. 지금까지 써온 글에서 벗어나 새로운 길로 나아감일까. 아니면 마라톤 코스처럼 반환점을 돌았음일까. 후자라면 같은 길이 아닐 수 없겠지요. 어느 편이든 '맨발'이어야 함에 유의하겠지요. 맨발이란 자기 자신을 가리킴인 것. 사실에 허구 한 조각만 들어가도 전체가 허구가 되어 버리는 글쓰기에서 벗어남을 가리킴인 것.

대담하게도 공 씨는 이런 글쓰기를 두고 '운명'이라 했소. '인생에 운명이 있다'에서 '글쓰기에도 운명이 있다'로 된 것. 이를 「토니오 크뢰거」(토마스 만, 1903)에서 배웠다 했소. '운명은 성장이다'가 그것. 당초 글쓰기란 미학을 겨냥한 것. 악마와의 결탁 없이는 결코 이룰 수 없는 것. 「최후의 만찬」, 『백경』, 『차라투스트라는 이렇게 말했다』, 「제9교향곡」 등이 그 산물. 토니오 크뢰거도 이 길을 걸었지요. 그러나 그는 어느 지점에서 멈추었소.

맨발로 돌아선 다른 길이란 보통 사람의 길. 평범성이 주는 온갖 기뻠을 향한 은밀하고 애타는 그리움이 그것. 이렇게 성장해 가는 것이 운명이니까. 이렇게 성장해 감이 글쓰기의 정도니까. 잠깐, 그렇다면 결국 미의 포기가 아닐 것인가. 미란 타협의 산물일 수 없으니까. 「토니오 크뢰거」로부터 44년이 지난 『파우스트 박사』(토마스 만, 1947)의 악마가 그 증거. 도로 아미타불이 아니었던가.

2011. 6. 18.

금관문화훈장에 대한 문학사의 몫

『토지』, 『미망』, 『서편제』

정부는 문화 관계 최상급 훈장인 금관문화훈장을 박경리, 이청준, 박완서에게 수여했소. 생존 시에 이룩한 이들의 업적에 국가가 응분의 경의와 평가를 표했음이오. 『무정』(이광수, 1917), 『삼대』(염상섭, 1931), 『임꺽정』(홍명희, 1928~1939)을 가진 이 나라 소설 문학이 고도의 내공(內攻)을 갖추게 된 것은 분단 현실과 분리되기 어렵소. 『무정』만 하더라도 일본, 중국, 연해주, 미국 등에로 열린 공간 속의 상상력이었소. 그만큼 숨쉴 공간이 있었기에 대중성이 어느 수준에서 확보될 수 있었소. 그러나 반공을 국시(국가 통치 형태)로 한 분단 이후의 상황은 공간을 남한 한 곳에 폐쇄시켰소. 그 폐쇄도에 비례하여 내공의 밀도는 강화 일로. 닿기만 하면 강철 소리가 나거나 화상을 입기에 모자람이 없었소. 이른바 악마적 글쓰기(박경리), 악종의 글쓰기(박완서)라 스스로 말할 지경이었소.

이 내공이 정점에 이른 것의 하나에 『토지』(박경리, 1969~1994)가 있소. 『토지』의 무대는 섬진강 동쪽 평사리. 때는 1897년 추석에서 시작되오. 이른바 대한제국 원년. 중국에 복속한 탓에 옥좌 위에 감히 쌍룡을 틀어 올리지 못하고 가까스로 악작(鸑鷟)을 매달았던 조선조가 비로소 쌍룡을 번듯이 틀어 올린 시기에 『토지』가 시작되오. 그러나 사직이 송두리째 망했을 땐 어떠해야 했을까. 독립운동으로 하직차 최 참판댁 당주 치수를 찾아온 이동진과의 대화에 참주제가 드러나 있소. 둘 다 양반이지만 최치수는 선비일 수 없다는 것. 최 참판댁 만석꾼의 재산이란 백성의 수탈에서 온 것이니까. 이 장면에서 자존심 강한 최치수가 가만히 있었을까. 이동진, 네가 하고자 하는 독립운동이란 누구를 위한 것인가. 군왕인가? 이동진의 답변은 한 마디로 노. 그렇다면 백성인가? 이 역시 노. 그렇다면 대체 무엇인가. 이동진 왈, "이 산천(山川)이다!"라고. 『토지』를 정독해 보시라. 뻐꾸기 소리가 번번이 산천을 울리고 있소. 그것도 주인공들이 위기에 놓일 때마다. 번번이 산천을 밝히는 능소화의 빛깔이 번득이오. 600명에 이르는 인물들이란 이 산천을 자연물과 함께 사는 인간 군상.

이 내공을 문제 삼을 때 박완서의 『미망』(1990)을 또한 들 수 없을까. 나만 억울하다고 쉴 새 없이 외치는 『나목』(1970)을 제치고 『미망』을 내세우는 곡절은 무엇인가. 세대 감각이란 4·19에도 386에도 엄연히 있는 것. 이를 뛰어넘는 곳에 서사문학의 본령이 있소. 『미망』은 『삼대』에 이어진 초기 자본주의 속에서의 개성상인의 상업 자본과 그것이 한 가문의 발전에 어떻게 관여되었는가를 다룬 것. 합리적 삶의 법도가 거기 섬세히 포착되어 있소.

잠깐, 『서편제』(이청준, 1976)의 내공은 어떠했던가. 소리를 위해 스스로 또는 딸의 눈을 뽑아 버린 이 전대미문의 육체 파괴 현상은 또 무엇인가. 악마와의 결탁 없이는 불가능한 예(藝)의 극단적 양식이 아니었을까. 이때 생명체의 감수성에 제일 섬세히 육박했겠지만 지적 통제력이 감히 미치지 않는 것. 예술 미달 혹은 초월 현상이 아니었을까.

2011. 9. 17.

금년을 빛낸 소설들

글쓰기란 그 누구에게도 혼신의 힘으로 하는 것. 그 중에서도 자기의 리듬과 세계의 리듬의 일치에 이르는 것이 있을 수 있소. 이런 관점에서 나는 주목되는 올해의 작품으로 다음 셋을 들고 싶소.

첫째, 『독고준』(고종석, 2010). 이 작품에 들어가려면 최소한 최인훈의 『회색인』(1963~1964), 『서유기』(1966)를 비껴갈 수 없소. 독고준은 이들 소설의 주인공이었으니까. 월남하여 망명객으로 살아가는 독고준이 작가 최인훈이라 전제한 이 소설의 중요성은 최인훈 평전 쓰기를 독고준의 평전 쓰기로 삼은 점에서 왔소. 동중국해에서 투신자살한 이명준이 이번엔 자기 집 14층 아파트에서 투신자살했던 것. 전직 대통령이 뒷산 바위 벼랑에서 투신자살한 바로 그날. 사십 대의 영문학 교수인 딸이 그 아비가 남긴 방대한 일기를 복원하고 있소. 그 일기를 통해 분단 이후 한반도의 정치적·문화적·사회적 복원을 고도의 지적인 언어로 시도하고 있소. 그래서? 그래서라니. 이것만큼 정치적인 사건이 달리 있으랴. 없다! 『광장』(최인훈, 1960)이란 4·19가 쓴 것이니까. 이로써 4·19 세대는 끝난 것일까. 그 유산의 의미는 무엇일까. 소설 『독고준』이 묻고 있소.

둘째, 『두근두근 내 인생』(김애란, 2011). 기묘한 형태의 소설이라 하면 어떠할까. 진화가 덜 되어 발이 아직 없는 올챙이. 발도 없는 개구리가 뭍에 올라와 뛰어다닐 수 있을까. 어림도 없는 일. 그런 형국을 빚고 있다고나 할까. 이 소설은 제1부 '두근두근 내 인생'과 제2부 '두근두근 그 여름'으로 이루어졌소. "아버지와 어머니는 열일곱 살에 나를 가졌다"로 시작되는 제1부는 바로 장편. 17세의 아들이 자기를 포함한 부모의 행적을 그린 것. 이 점에서 제일 쓰기 쉬운 성장소설계. 멋대로 써도 아무도 시비하지 않으니까. 그도 그럴 것이 검증할 수 없는 물건이니까. 문제는 바로 제2부. 작가는 김애란이 아니고 한아름이오. 17세의 한대수와 최미라가 숲속에서 정사를 벌였고, 아기를 갖게 됐다는 것. 그 아기가 이제 17세가 되었다는 것. 그러니까 한아름이 자기 출생담을 그린 것. 이 제2부가 바로 단편입니다. 밀도 높고 확실한 것이 단편이니까. 장편이란 이 작가에겐 다리도 채 나지 않은 올챙이가 뭍으로 올라온 형국. 그렇다고 계속 올챙이로 머물 수도 없는 노릇. 출판 시장이 그냥 두지 않으니까. 과연 이 뭍에 오른 올챙이가 살아갈 수 있을까. 있겠지요. 개구리가 아닌 기묘한 도롱뇽 같은 괴물로. 이 불안 속에 작가는 서 있지 않았을까.

세번째 주목되는 것은 김숨의 일련의 단편들. 가령 「옥천 가는 날」(『창작과비평』, 2011년 가을호)을 볼까요. 제목에까지 고유명사가 올라앉았소. 옥천 등 지도에 있는 고유명사란 그냥 지명이 아니라 가족 바로 그것이 아니겠소. 이 나라 소설판에서는 촌스럽다고 하겠지요. 어째서? 그야 이 나라 소설판이 너무 고급화되어 카프카와 보르헤스를 닮아 갔기 때문. 고유명사 지우기, 주인공 이름 지우기. 도대체 국적 불명의 얘기라야 고급이라 여기는 풍조에 맞선 김 씨의 촌스러움이 의외에도 참신하다면 나만의 편견일까. 명민한 문예비평가 독고준에게 물어보고 싶소.

2011. 12. 12.

언어의 꿈, 소설의 꿈

백수린의 경우

남의 나라를 여행할 때 누구나 겪는 일. 낯선 언어의 광범한 소음이 그것. 그 나라에 적의를 품지 않는 한 그것이 감미롭게 나그네를 보호하지 않았던가. 어째서 그러할까. 이 물음에 고명한 구조주의자 롤랑 바르트가 일본 기행 『기호의 제국』(1970)에서 대충 아래와 같은 해답을 제시했소.

자기가 알지 못하는 외국어, 그러니까 기이한 국어에 통효하면서도 그것을 이해하지 않고 있다는 것. 곧 각 국어는 그 자체가 갖추고 있는 구조가 있음을 훤히 알면서도 그것을 이해하지 않고 있다는 것. 각 국어가 갖고 있는 차이를 감지하면서도 그 차이가 전달이나 통속적 이해라는 언어의 표층적 사회 조직에 의해 조금도 결정되어서는 안 되는 것. 한마디로 번역 불가능인 것 속에로 하강하여 우리의 내부에서 국어 전체를 흔들 수 있다는 것. 요컨대 번역 불가능한 것의 진동을 감지하여 그것을 결코 감소 또는 쇠약지 않고자 하는 꿈. 그러니까 바르트는 '꿈'을 말하고 있었던 것.

이 대단한 구조주의자는 실상은 꿈꾸는 사람이었던가. 거기까지는 알기 어려우나 '꿈'만은 짐작할 수 있을 듯하오. 언어 생성의 단계에 진입하면서도 아직 기성 언어에 닿지 않는 상태, 그것이 내부에서 꿈틀거려 표층 언어의 낡고 굳은 껍질을 돌파하고자 하는 꿈 말이외다. 그러나 모두가 아는바 글쓰기란 기성 언어와의 타협 없이는 불가능한 법. 꿈에 비중을 두는 타협이거나 그 반대일 것. 혹시 그 균형 감각의 모색도 가능할까. 이 '혹시'에 응해 오는 우리 문학은 어떤 형편일까.

"안녕하세요. 폴이에요. 만나서 반가워요"라고 한국계 미국인 청년 폴이 말했소. 습니다체를 아직 못 배운 상태. 그는 시방 한국어반에 들어와 배우고 있소. 여선생은 서른에 이른 '나'. 아비가 군인이었던 탓에 전국 곳곳으로 이사하며 유년기를 보냈소. 전학할 때마다 지역 사투리의 억양이 남아 왕따당하며 자랐고, 지금은 외국인에게 한국어를 가르치는 학원의 강사. 중국인, 일본인, 독일인, 미국인 등이 어째서 한국어를 배우는가. 한국이 이미 다국적 시대에 접어들었으니까. 한국어를 배워 영어 선생이 된 폴에게 아비가 미국에서 찾아왔소. 며느릿감과 부자가 아비의 고향을 찾아갔다 하오. 지도에도 없는 '정산'이란 곳. 대체 그곳이 어디일까. '나'는 이를 단박 알아냅니다. "충청도다!"라고. 신진 작가 백수린 씨의 「폴링 인 폴」(『창작과비평』, 2011년 겨울호)의 줄거리.

어째서 '나'는 '정산'이 충청도에 있는 줄 번개처럼 알아차렸을까. 교포 1세인 아비 밑에 자란 폴의 억양 속에는 아비의 충청도 억양이 어딘가에 배어 있었기 때문. 이 억양이란 새삼 무엇일까. 바르트가 말하는 언어 표현 이전의 '꿈'이 아니었을까.

이 꿈을 우리 소설은 김연수 씨의 「케이케이의 이름을 불러봤어」(2008)에서 잠시 본 바 있소. 한국 남자를 사랑한 미국 여류 작가가 있었소. 그 남자의 유언은 고향을 찾아가고 싶다는 것. 그녀가 아는 것은 딱 하나. 남자의 고향이 'Bamme'라는 것. 그녀가 찾아낸 곳은 바로 밤뫼, 그러니까 '율산'(栗山). 그렇다면 제도권 언어에 모조건 타협하는 꼴이 아니었던가. 앞에서 본 억양에 비해 쉽사리 의미에 복종한 결과니까.

2012. 2. 6.

세헤라자데에 바치고 싶은 작품

이승우의 근작에 부쳐

데뷔 31년, 쉬지 않고 소설길에 전념한 이승우 씨의 근작 「그녀는 그가 한 달 열흘 만에 나타났다고 말했다」(『한국문학』, 2012년 봄호)는 세 번쯤 읽어야 적당하오. "카프카의 작품은 두 번 읽어야 된다"(알베르 카뮈)라고 했다는데, 우리의 이승우는 하나가 더 많다고 볼 것이오.

첫번째 독법은 제목 음미에서 오오. 니체가 버티고 있고, 이를 뛰어넘고자 한 호동(湖東)의 수도승 박상륭의 『신을 죽인 자의 행로는 쓸쓸했도다』(2003)는 뱀과 독수리를 양손에 쥐고 있으니까. 호머도 손오공도 없이 가진 것이라곤 달랑 맨손뿐인 이 씨는, 또 우리들 독자는 얼마나 난감한가. 아니 홀가분한가. "신이 죽었다", "다시 살려 내야 된다" 등에서 무심하게 벗어나 소설만 쓰면 되니까. 되다니? 신의 무게에 준하는 바위나 쇳덩이 없이도 소설이 쓰일 수 있을까. 있다고 작가 이 씨가 내세웠소. 왜냐면 우리에겐 '그/그녀'가 있으니까.

두번째 독법은 소설의 등뼈에 관한 것. 이것 없이는 어떤 소설도 이루어질 수 없소. 그런데 참으로 딱하게도 이 등뼈는 자세히 들여다보면 찬양할 만한 것이 줄어들게 마련. 어째서? 시작, 중간, 끝이 제멋대로인 촌충 같기 때문. 『인도로 가는 길』(E. M. 포스터, 1924)의 작가는 이것이야말로 저 원시시대 인간이 동굴에 모여 밤을 새운 이유라고 우긴 바 있소. 모닥불 앞에 모인 원시인들은 매머드와 들소와의 싸움에 지쳤기 때문에 마음을 졸이게 해서만 잠을 버틸 수 있는 사람들이 아니었던가. 다음엔 어떤 일이 일어날까? 만일 예측할 수 있는 얘기라면 청중들은 잠이 들어버리거나 얘기꾼을 가만히 두지 않을 것이오. 이 얼마나 위험한가. 이를 피할 수 있는 길은 단 하나. 성급한 폭군으로부터 목숨을 지킨 왕비 세헤라자데의 무기는 미모나 지식이나 수사학 따위가 아니라 바로 이 '마음 졸이게 함'이었던 것. 잠깐, 『천일야화』를 누가 모르랴, 그래서 어쨌단 말인가, 라고 누군가 불만을 터뜨리더라도 나는 놀라지 않을 참이오. 독자인 우리는 세헤라자데의 남편과 같으니까. 이 사실을 이 씨가 복창하고 있소.

주인공은 세 권의 소설을 낸 바 있는 작가 가공한. 동네 커피점을 옮겨 다니며 소설을 쓰고 있군요. 어느 날 제법 무게깨나 나가는 낯선 여자가, 나는 댁을 잘 안다, 이 커피점에 한 달 열흘 만에 나타나지 않았느냐, 라고 불쑥 말하지 않겠는가. 그리고 덧붙이기를 '나' 때문이란 것도 알고 있다고. 뿐인가. 틈도 주지 않고 "나 때문에 왔고, 또 나 때문에 안 온 거지요"라고 다그치지 않겠는가. 어처구니없는 노릇. 댁을 본 적도 없을 뿐 아니라 한 달 열흘 동안 이 커피집에 오지 않은 것을 댁과 결부시키는 이유가 뭐냐고 따질 수밖에. 바로 이게 화근. 어째서? 질문은 대답을 요구하고 질문자는 질문에 대한 대답이 나올 때까지 기다려야 하니까. "그렇다! 그러나 그렇지 않다!"가 그것.

이에 비해 세번째 독법인, 이른바 세속적인 주제(의도)란 얼마나 초라한가. 작가라면 누구나 갖는, 세상 독자 모두가 자기 작품의 독자라고 우기고 싶은 욕망. 그것은 곧 시민계급의 위대한 진취성의 근거이긴 하나, 인류사의 시선에서 보면 어떠할까. 두번째 독법과 어찌 감히 견줄쏘냐.

2012. 4. 30.

대하소설 세 편 읽기

『남과 북』, 『지리산』, 『태백산맥』

대하소설 『남과 북』(홍성원, 1970~1975), 『지리산』(이병주, 1972~1978), 『태백산맥』(조정래, 1983~1989)이 있소. 그러고 보면 위 세 편은 6·25 한가운데를 가로지르고 있음이 특징이겠소. 이 나라 정부의 공식 명칭이 '6·25'라면 북쪽의 그것은 '조국해방전쟁'이오. 정작 실전에서는 맥아더와 펑더화이(彭德懷)의 전쟁이라고도 하는 만큼 미국은 '한국전쟁', 중국은 '항미원조전쟁'이라고 부르고 있소. 우리 쪽만 빼고 모두 전쟁이라고 하는데 그렇다면 우리 쪽은 6·25를 '동란', 곧 내전의 일종으로 보았다는 뜻일까. 함부로 말하기 어려운 문제가 아닐 수 없소.

국제 정치에 대해 문외한인 내가 이런 거창한 서두를 들먹이는 이유는 다름이 아니외다. 『태백산맥』이 내전(계급 전쟁)의 자리에 가깝게 섰기 때문이오. 우익의 거물인 학도병 출신 김범우에게 소작인 출신인 염상진이 이렇게 말했을 정도이오. "너와 나는 피가 다르다"라고. 한편 『남과 북』은 어떠할까. 외신 기자 설경민의 입을 빌려 이렇게 외치고 있소. 로마의 원형 투기장에 선 검투사가 남북이라고. 죽거나 죽이거나 하는 게임에 전면적으로 노출된 형국. 이를 안전한 자리에서 구경하는 쪽이 따로 있다. 냉전 체제의 꼭두각시 놀음. 갈 데 없는 대리 전쟁 놀음에 우리만 억울하다, 라고.

위의 두 작품의 입장이 아무리 달라도 다음 한 가지는 공통되어 있소. 전쟁 참상의 묘사가 그것. 미증유의 전쟁에 방비 없는 알몸으로 노출된 남북 민중들의 참상, 그 필봉의 철저함과 예리함, 그 후유증의 심도를 대하면 독자치고 억장이 무너지지 않을 사람이 없을 만큼 힘을 가지고 있소. 바로 이 점이 두 작품의 한계랄까 제약이 아니었을까.

이런 물음에 『지리산』이 가까스로 대답하고 있소. 곧 이데올로기 문제가 그것. 어째서 공산주의 쪽에 서야 했을까. 공산주의란, 그게 무엇이든 이데올로기의 일종이 아니겠는가. 남부군 사령관 이현상, 남도부(하준수), 박태영이 죽어 가면서 느낀 것은 "허망한 정열"이었던 것. 도스토옙스키가 그린 황금시대의 꿈의 일종이었던 것. 『지리산』의 지식인에게 읽힌 것은 이 관념성이 아니었을까.

이 관념성의 한계도 뚜렷하오. 묘사의 부재가 그것. 봉우리와 봉우리를 건너뛴 형국이기에 이데올로기의 속성에 흡수되기 마련이겠소. 『태백산맥』과 『남과 북』이 새삼 빛나는 것은 이와 대비되기 때문. 곧 묘사의 힘에서 오오. 이 점에서 두 작품을 견주어 보면 또 어떠할까요.

『태백산맥』의 배경은 전남 벌교이오. 확실한 지역성을 갖고 있소. 거기서 자란 인물들은 6·25를 겪지만 결국 벌교로 귀환하오. 요컨대 뿌리가 확고한 까닭이오. 『남과 북』은 이 점에서 취약하오. 포수 집안의 막내인 명소총수 박노익 상사가 휴전이 되자 약삭빠르게 돈벌이에 나섰고, 그 때문에 오발 사고를 일으켜 중대장 한 대위를 즉석에서 죽게 만들지요. 죽어 가면서 한 대위가 내뱉는 말, "아니야, 아니야"로 『남과 북』이 끝납니다. 이렇게 읽고 있자니 "너와 나는 피가 다르다"도, "허망한 정열"도, "아니야, 아니야"도 이 나라 서사문학의 금자탑이 아닐 것인가.

2012. 6. 25.

오디세우스의 후예들

1990년대 중반에 창간된 모 계간지의 전략은 두 가지였던 것으로 보였소. 당시로서는 압도적인 분량이 그 하나. 다른 하나는, 이 점이 중요한데, 싹이 보일 법한 신진 작가의 다각적 조명. 거기에는 감당하기 어려운 과제가 주어졌소. '자전소설'을 한 편 써야 된다는 것. "보바리 부인은 나다"(귀스타브 플로베르)라는 말을 어렴풋이나마 짐작하고 있는 패기만만한 신진 작가라도 골리앗 같은 계간지 앞에 직면하자 일단 기가 죽을 수밖에요. 고민 끝에 고안해 낸 것이 손쉬운 타협점 찾기. 유년기에서 시작, 가족, 동네, 학교, 아는 사람, 영향받은 인물이나 책 등, 자전적인 것에서 크게 벗어나지 않기가 그것. 요컨대 어디서 낳고 어느 골짜기의 물을 먹고 자랐는가 만큼 중요한 것이 어찌 따로 있을까 보냐. 만고의 진리이긴 해도 작가로서는 이것으로는 역부족인 것. 어째서? 모두가 비슷하니까. 자기만의 성장기가 작가되기에 걸려 있는 만큼 남보다 다른, 이른바 '튀는 곳'이 있어야 하는 법.

이 장면에서 뚫고 나갈 방도는 무엇인가. 아니, 도대체 그런 방도가 있기라도 한 것일까. 이런 가혹한 시련을 모 계간지는 18년이나 신진 작가에게 강요하고 있고 앞으로도 그러할 태세. 21세기에 접어들자 신진 작가들의 도전이 불가피했소. 타동사 아닌 자동사로 쓰는 모든 소설은 어김없이 자전소설이 아니겠는가. 여기에다 또 자전소설을 쓰라니 말도 안 된다. 아니, 되긴 된다. 그냥 자동사로 쓴 소설 한 편을 '자전소설이다!'라고 내세워 골리앗에게 돌팔매질했던 것. 이 싸움에 승자는 과연 누구일까. 아니 과연 승자가 있기라도 한 것일까. 구경거리가 아닐 수 없소.

다윗들의 전략을 우선 보시라. 이 전략을 「사이렌의 침묵Das Schweigen der Sirenen」(1917)에서 프란츠 카프카는 이렇게 썼소. "사이렌은 노래보다 더욱 무서운 무기를 갖고 있었다"라고. 이 사실을 누구보다 꿰뚫어 본 사람이 있었는데, 바로 아티카의 왕 오디세우스. 운명의 신들조차도 속이는 꾀 많은 오디세우스인지라 귀를 밀랍으로 막고 몸을 돛대에 매어, 그런 것들이 아무 소용이 없는데도 사이렌 앞으로 항해했다 하오. 사이렌의 노래를 들으며 황홀한 몸짓으로 말이외다. 이에 대해 카프카는 이렇게 썼소. 기겁한 것은 사이렌 쪽이라고. 또 썼소. "만일 사이렌들이 자의식을 지니고 있었더라면 그녀들은 그때 파멸되었을 것이다"라고.

'자전소설'을 쓰라고? 좋다. 못 쓸까 보냐. 모든 소설은 자동사로 쓰는 것. 누구보다 이 사실을 당신들이 잘 알고 있지 않은가. 이 올가미에서 벗어나는 길은 카프카의 지혜일 수밖에. 소설이란 새삼 무엇이냐. 얘기의 일종이긴 해도 근대의 산물인 것. 기껏해야 200~300년밖에 안 된 것. 근대를 지탱한 두 기둥이 흔들리고 해체되는 시기에 오자, 언어가 기둥일 수밖에. 언어란 누가 보아도 불투명체인 것. 자동사가 제일 잘 들어설 수 있는 것. 다윗들이 돌팔매질로 골리앗의 이마를 겨냥하는 길은 단 하

나. 오디세우스의 몸짓을 흉내 내기. 이미 타동사가 사라진 소설이지만 흡사 아직 살아 있는 듯이 황홀한 시늉을 해보이기가 그것. 그러니까 자전소설의 음미 방법은 이 시늉 짓의 밀도에서 올 수밖에. 모 계간지가 요구하는 것의 소설사적 의의가 여기까지 온 것이 아닐까.

2012. 8. 20.

입양 고아에 대한 문학적 성과

김연수의 '심연', 최윤의 '오릭맨스티'에 부쳐

『밤은 노래한다』(김연수, 2008) 한가운데 놓인 것은 민족주의의 한 변종이었소. 이국에 정착해서 살고자 하는 한국인의 생존방식이 낳은 기묘한 형태란 토착인과의 갈등이기에 앞서 한국인끼리 정리해야 할 민족주의였으니까. 그 연장선에서 이 작가는 입양 고아 문제로 달려들었소. 유럽과 미국 등지에 입양된 한국인의 숫자는 수십만을 넘으며 이들은 지금쯤 성인이 되어 사회 활동을 시작했소.

『피는 물보다 진하다』(1996)를 쓴 아스트리드 트롯찌도 그 중의 하나. 스웨덴으로 입양된 그녀가 작가가 되어 한국에 온 것은 2003년. 김연수가 그녀를 만난 느낌은 이런 것이었다 하오. '피는 물만큼 묽다'는 사실. 생모를 찾아 부산을 헤맨 그녀도 사정은 마찬가지. 생물학적으로 피란 동일한 것. 피를 물만큼 묽게 만들지 않으면 생존할 수 없다는 사실.

김연수의 『파도가 바다의 일이라면』(2012)은 가상의 미국 여류 작가 카밀라 포트만을 다루었소. 그녀는 17세에, 자기를 버린 모친을 찾아 모험을 하오. 김연수는 부질없이 온갖 수사학을 동원하며 멋을 부리고 있지만 이를 걷어 내면 남는 것은 모친의 이름이오. 정지은, 그리고 자기의 이름이 정희재라는 것. 정지은과 정희재란 결국 동일한 인물임을 직감하오.

이 경우 진일보한 점은 '심연'이란 단어이오. 사람 사이엔 '심연'이 있다는 것. 이를 건너가는 방도가 있기나 한 것일까. 심연에 빠져 죽거나 아니면 살아남기. 어째야 할까. 아마도 김연수는 작가 되기, 작품 쓰기만이 이 '심연'을 뛰어넘을 수 있다고 암시하는 것 같소. 과연 그러할까. 그것이 '피는 물보다 진하다'를 넘어서기 위해 발버둥 친 김연수의 문제의식이지만 작가라 해서 '심연'을 수사학의 고공비행으로 건너뛰어도 되는 것일까.

여기까지 따진 독자라면 필시 『오릭맨스티』(최윤, 2011)에 주목할 것이오. 여기 세 살 적에 벨기에로 입양된 사내아이가 있소. 이름은 유진 뒤발. 한국 이름은 박유진. 부모를 찾습니다, 라고 친척들에 문의합니다. 이 얼마나 신파조이며 상투적인가. 그렇지만 이 신파조가 그 너머에 있는 괴물에 접근하기 위한 필수조건이라면 어떠할까. 곧 '오릭맨스티'.

이 기묘한 말은 벨기에어에도, 영어에도 없소. 혹시 한국어에 있는 것일까. 어떻게든 이 말의 뜻을 찾아야 했소. 발음만 있는, 그것도 내면에서 숨소리처럼 들리는 이 말의 뜻은 무엇인가. 도대체 뜻이라도 있는 것인가. 이 입양아는 기이한 병을 앓습니다. 미증유의 희귀한 병이라 작가는 말했소. 수시로 찾아오는 혼절상태. 이 상태에서 깨어날 때 들리는 내면의 소리. 왈, '오릭맨스티'.

"세상에는 뜻으로 번역되지 않는 언어의 신비로운 지대"가 있소. 어느 나라 말에도 있지만 동시에 어느 나라 말에도 없는 것. '오릭맨스티'라는 발음만 있는 것. 청년 박유진이 한국에 와서 친척을 모조리 만나고 헤

매어도 허사일 수밖에. 왜냐면 세상의 모든 사람은 원리적으로는 입양 고아이니까. 이 사실을 깨칠 때 비로소 서로의 '심연'에 빠지지 않고 건널 수 있으니까.

2012. 11. 12.

내 관심이 놓였던 곳

2012년을 보내며

올해 노벨 문학상이 중국 작가 모옌(莫言, 57세)에 주어졌다 하오. 중국 국적으로는 처음인 셈인데, 수상 후 그가 당원이며 체제 순응적이라는 비판도 있었다 하오. 이에 대한 그의 반응이 인상적이오. 길거리에서 외쳐 대는 것만이 현실 참여가 아니라는 것. 일본 작가 오에 겐자부로는 노벨 문학상 수상 연설(1994)에서 "영속적 빈곤과 혼란으로 가득한 아시아라는, 낡았으나 아직도 살아 있는 은유로서" 한국의 김지하, 중국의 정이(鄭義), 모옌을 언급한 바 있었소. 추측건대 스웨덴 한림원은 작가는 작품으로 말한다는 쪽으로 기운 것이라 할 수 없을까. 이 점은 그가 친한파라는 사실이라든가 댜오위다오(釣魚島) 분쟁 지역에 물고기만 살게 하라는 그의 발언보다 중요하지 않을까 싶소. 노벨상도 정치성 배제라는 시세를 반영한, 한 가지 보이지 않는 증거일 수도 있기 때문이오.

노벨상이 있든 없든, 이 나라 문학판은 또 그대로 전개되는 법. 당연히도 새롭게 전개되는 법. 새롭게라면 어디에 그런 곳이 있는가. 이미 이야기란 모든 것이 다 말해진 마당이 아닌가. 맞는 말이오. 그렇지만 그것들이 다시 되풀이되어 흡사 새로운 듯한 모습을 띠는 것도 사실인 셈. 그런 사실의 하나로 자전적 소설, 이른바 성장소설을 들 수 없을까. 이것처럼 쓰기 쉽고 읽기 좋은 것이 달리 있으랴. 이 나라 문학판은 그동안 이것을 붙들고 크게 성장했음도 사실이오. 언어의 세련성 확보도 이로써 달성되었던 것이니까.

그러나 이젠 진절머리가 날 때가 온 것이 아닐까. 모든 소설이 자전소설이며 "보바리 부인은 나다"를 입에 게거품을 물고 달려드는 데까지 이르렀다면 어떠할까. 바깥으로의 탈출이 시도될 수밖에. 보시라, 「장마」(정미경, 2012), 「옥수수와 나」(김영하, 2012), 「부드럽고 그윽하게 그이가 웃음 짓네」(백수린, 2012), 「기억의 고고학—내 멕시코 삼촌」(함정임, 2013) 등을. 한갓 관광 수준의 여행기라 할 수도 있겠으나, 따라서 새롭다고 할 것까지는 없겠지만, 예술과 관련된 문물의 수용에까지 나아간 것인 만큼 몸부림이라도 쳤다고 볼 수 없을까. 자전소설에 진절머리가 났으니까.

금년도에 내가 주목한 것은 『파도가 바다의 일이라면』(김연수, 2012)과 『오릭맨스티』(최윤, 2011)이오. 두 작품이 분리되면 의미를 잃기 십상이오. 그도 그럴 것이 악명 높은 입양 고아 문제를 다룬 것이니까. 그들이 지금쯤은 거의 어른으로 성장했고, 그 사실은 『피는 물보다 진하다』(아스트리드 트롯찌, 1996)라는 스웨덴 입양 고아의 소설로 대변되는 것. 그러나 과연 그러할까. 자기를 버린 부모를 찾아와 이런저런 경험하기란 누가 보아도 신파조. 피가 어찌 물보다 진하랴. 『파도가 바다의 일이라면』에서 비로소 이 문제가 나름대로 극복되오.

피는 피지 물과 비교될 수 없는 것. 피는 누구의 피도 동일한 것. 요컨대 피의 낯섦이 앞뒤를 가로막는 것. '오릭맨스티'란 또 무엇일까. 벨기에에 입양된 이 고아는 성장하면서 급습하는 간질병에 시달렸다 하오. 그 간질병의 앞과 뒤에 들리는 음향, 그것은 한국어도 유럽어도 아닌, 왈 '오릭맨스티'. 뜻으로 번역되지 않는 신비로운 지대가 있다는 것. 이 나라 소설은 노벨상과 관계없이도 세계문학의 반열에 올라섰다고 할 수 없을까.

2012. 12. 10.

『수경주』와 『역사』 속 작가의 상상력

후한(後漢) 말기 삭매(索勱)는 둔황(敦煌) 병사 일천 명을 이끌고 옥문관을 출발했다. 타마르칸트 사막 동부를 흐르는 쿰 강 연안에 새로운 군사 식민지를 건설하기 위해서였다. 한나라 부대가 국경을 넘어 이른바 새외 땅에 발을 내디딘 것은 30년 만의 일이었다고 중국 최고의 지리서 『수경주水經注』에 적혀 있다 하오. 그것도 겨우 몇 마디. 삭매라는 후한의 대장이 사막 한가운데서 홍수와 싸워 승리를 거두었다, 라고. 어떻게 홍수와 싸웠는가. 왜 사막 한가운데 홍수가 밀어닥쳤는가에 대해서는 작가의 몫.

갑자기 비가 사흘이나 내려 눈앞에 있는 흉노를 칠 수 없었다. 아끼는 흉노 여인을 홍수에 희생해야 한다고 부하들이 말했을 때 삭매는 단호히 거절한다. 그 대신 모든 병사들에게 창과 칼로 홍수를 공격하라 했다. 드디어 승리를 거두었다. 작가의 상상력이 어찌 여기에 멈출쏘냐. 이 소문은 장안에까지 들렸고 주변 국가들이 다투어 삭매 밑에 복종했다. 삭매는 성을 쌓고 곡식을 심어 도읍을 세웠다. 그런 중에 장안의 부름을 받은 삭매는 흉노 여인을 대동하고 출발했다. 오는 도중 이번엔 다시 난데없는 홍수를 만난다. 흉노 여인은 말했다. 모든 것이 운명이다, 라고. 이상은 이노우에 야스시(井上靖)의 작품『홍수洪水』(1959)의 내용이외다.

내가 말하고 싶은 것은 서양에도 이와 비슷한 사례가 있었음에 대해서이오. 서양사의 원조 격인 이른바 헤로도토스의『역사』(BC440) 속에는 페르시아 대왕이 등장하오. 희랍(그리스)을 공격하기 위해 그는 전쟁을 일으켰소. 압도적인 군사력을 지닌 페르시아 대왕은 해협에 부교를 만들어야 했소. 이를 지켜본 표정과 행동을 헤로도토스는 이렇게 적었소.

> 그런데 가교 건설이 끝나 통로가 이루어진 직후, 맹렬한 폭풍이 일어나 가까스로 완성된 가교가 산산이 파괴되었다. 이를 안 대왕은 해협에 대해 크게 노하여 가신에게 명했다. 바다에 삼백의 채찍질을 가하고 또 족쇄를 바다에 던졌다.

결코 과장도 아닌, 있는 그대로를 그린 것이라고 헤로도토스는 지적했소. 또한 이런 행동이 희랍인의 안목에서 보면 절도를 잃은 것이라고도 적었소. 형편 없는 군사력으로 희랍이 제국 페르시아에게 승리한 것은 '절도' 여부에 걸려 있었다는 것. 그렇다면 희랍인에게 그 절도란 어떤 것일까. 희랍인들은 전쟁을 할 것인가를 델포이 신전에 가서 물었다 하오. 신탁은 긍정도 부정도 하지 않는 애매모호한 것이었다 하오. 희랍인들은 어떻게 하든 절도 있게 받아들였다 하오.

이 에피소드 말미에 헤로도토스는 이런 말을 덧붙여 놓았소. 이 무렵 페르시아 귀족 모 씨와 희랍 귀족 모 씨가 우연히 만났다 하오. 페르시아 귀족 왈, 대세는 이미 기울었다. 희랍 귀족이 물었소. 왜 그대는 그 사실을 위층에 고하지 않는가, 라고. 운명이니까! 라고 페르시아 귀족이 말했다 하오. 내 흥미는 거기 나오는 '운명'이란 말. 삭매의 여인이 말한 '운명'과 같은 것이 아니었겠는가. 삭매가 자연과 싸웠다면 페르시아 대왕의 운명은 인간의 오만에 대한 싸움이었던 것.

2013. 8. 19.

우리 문학이 갖고 있는 네 가지 거울

이상에서 이인성까지

먼저 「오감도」(1934)의 문인 이상의 「거울」(1933)을 보시라.

거울 속에는 소리가 없소. / 저렇게까지 조용한 세상은 참 없을 것이오. // 거울 속에도 내게 귀가 있소. / 내 말을 못 알아듣는 딱한 귀가 두 개나 있소. // 거울 속의 나는 왼손잡이오. / 내 악수를 받을 줄 모르는-악수를 모르는 왼손잡이오. // [……] // 거울 속의 나는 참 나와는 반대요마는 / 또 꽤 닮았소. / 나는 거울 속의 나를 근심하고 진찰할 수 없으니 퍽 섭섭하오.

왈, 기하학적 대칭점.

『하늘과 바람과 별과 시』(1948)의 문인 윤동주는 어떤 거울을 가졌을까. 널리 알려진 시 한 편을 나는 들고 싶소이다.

파란 녹이 낀 구리거울 속에 / 내 얼굴이 남아 있는 것은 / 어느 왕조의 유물이기에 이다지도 욕될까.//나는 나의 참회의 글을 한 줄에 줄이자.—만 이십사 년 일 개월을/무슨 기쁨을 바라 살아왔던가.//내일이나 모레나 그 어느 즐거운 날에/나는 또 한 줄의 참회록을 써야 한다.—그때 그 젊은 나이에 왜 그런 부끄런 고백을 했던가//밤이면 밤마다 나의 거울을/손바닥으로 발바닥으로 닦아 보자.//그러면 어느 운석 밑으로 홀로 걸어가는/슬픈 사람의 뒷모양이/거울 속에 나타나 온다.

—「참회록」, 1942

구리거울, 곧 동경(銅鏡)이란 박물관에 가면 흔히 볼 수 있는 것. 시인은 이 구리거울 속에서 자기 모습을 보고 있소이다. 운석(隕石) 밑으로 홀로 걸어가는 슬픈 사람이라고 스스로 말하고 있소. 식민지 시절의 아픈 역사를 인식한 데서 나온 거울이 아닐 것인가.

「국화 옆에서」(1947)의 문인 서정주는 어떤 거울을 발견했을까. 나는 대번에 「상가수의 소리」(1975)를 들고자 하오.

질마재 상가수의 노랫소리는 답답하면 열두 발 상무를 젓고, 따분하면 어깨에 고깔 쓴 중을 세우고, 또 상여면 상여 머리에 뙤약볕 같은 놋쇠요령 흔들며, 이승과 저승에 뻗쳤습니다.

그렇지만, 그 소리를 안 하는 어느 아침에 보니까 상가수는 뒷간 똥오줌 항아리에서 거름을 옮겨 내고 있었는데요. 왜, 거, 있지 않아. 하늘의 별과 달도 언제나 잘 비치는 우리네 똥오줌 항아리. [……] 거길 명경으로 해 망건 밑에 염발질을 열심히 하고 서 있었습니다. 망건 밑으로 흘러내린 머리털들을 망건 속으로 보기 좋게 밀어 넣어 올리는 쇠뿔 염발질을 점잔하게 하고 있어요.

명경도 이만큼은 특별나고 기름져서 이승 저승에 두루 무성하던 그 노랫소리는 나온 것 아닐까요?

이른바 '소망'이라 하는 것. "하늘에 별과 달은/소망에도 비친답네"라고 가람 이병기가 술만 거나하면 가끔 읊조리는 바로 그것. 여지없이, 토속적인 우리네 삶의 슬기라 하지 않을 수 없는 것.

작가 이인성은 어떤 거울을 발견했을까. 나는 「돌부림」(2006)에서 찾아냈소. 국보 285호 반구대 앞에 작가는 서 있군요. 거기 새겨진 동물 그림들은 고대인이 그린 것이 아니라는 것. 그럼 누가 그렸을까. 원래 바위 속에 있던 것이 바깥으로 나온 것. 그림은 거울이 아닐 것인가. 바위 안의 것이 바깥으로 나온 것이라면 작가는 바위 안에 있는 것. 작가와 바위가 서로 거울 몫을 하고 있었던 것.

2013. 12. 9.

제2부

세계를 업고 다니는 대리운전사

제국의 수도에서 죽은 사내

이상 탄생 백 주년이 특별한 이유

들어라, 소년들이여. 그대들은 담이 큰지라 진시황도 나폴레옹도 우습게 보아야 한다. 그대들은 순정한 이라 세상의 온갖 더러움 없도다. 이 두 불패의 무기로 지체 없이 바다로 가라. 『무정』(이광수, 1917)의 주인공은 약혼자와 더불어 망설임도 없이 태평양 건너 시카고대학으로 갔소. 아무도 그들에게 수심(水深)을 가르쳐 주지 않았기에 스스로 수심을 재지 않으면 안 되었소. 그것을 재기에 그들의 날개는 너무 얇고 가늘었소. 익사하지 않기 위해 온몸으로 발버둥 칠 수밖에요.

그런 몸짓의 하나에 "나의 청춘은 나의 조국! / 다음날 항구의 개인 날씨여!"(정지용, 「해협의 오후 두 시」, 1933)가 있소. 자기 몸을 조국 삼기. 몸 전체를 감각으로 무장하기. 보는 것, 듣는 것, 만지는 것, 온갖 것에 조국만큼의 무게를 둘 수밖에요. "해발 오천 피트 권운층 위에 / 그싯는 성냥불!"(정지용, 「비로봉1」, 1933)이 재롱일 수 없는 까닭이 여기에서 오오. 이 순간 소년은 청년으로 될 수밖에요.

또 다른 청년화 현상은 어떠했을까. "예술, 학문, 움직일 수 없는 진리/그의 꿈꾸는 사상이 높다랗게 굽이치는 동경/모든 것을 배워 모든 것을 익혀/다시 이 바다 물결 위에 올랐을 때/나의 슬픈 고향의 한밤/홰보다도 밝게 타는 별이 되리라"(임화, 「해협의 로맨티시즘」, 1938) 소년은 어느새 청년으로 될 수밖에.

성곽으로 둘러싸인 식민지 수도 서울 통안동의 토박이 소년이 있었다면 어떠할까. 그는 보지 않으면 안 되었소. "학문, 움직일 수 없는 진리"가 성곽을 뚫고 들어옴을. 저 완제품 기관차가 경부선으로 달려온 것과 흡사한 것. 바로 식민지 수탈용 고등공업의 교육 말이외다.

유클리드 기하학으로 무장한 이 소년은 대번에 「오감도」(1934), 「날개」(1936)를 썼소. 예술도, 학문도, 그것이 움직일 수 없는 진리일 수 있다면 어째 바다까지 갈까 보냐. 육당의 유혹이 이 소년에겐 통하지 않았소. 바다가 소년에게로 다가갔으니까. 보라, 이 소년의 질주를. 골목은 막다른 골목이오. 아니, 뚫린 골목이라도 상관 없소. 유클리드 기하학의 제5공리를 아시는가. 비유클리드 기하학의 성립 근거를 아시는가.

딱하게도 세상은 이 소년의 청년화 현상을 용납하지 않았소. 이천 [illegible]이 「오감도」는 열다섯 편으로 중단될 수밖에요. 그 순간 소년은 결심했소. 제국의 수도 도쿄로 가야 한다는 것을. 소년은 갓 결혼한 아내도 물리치고 현해탄을 건넜소.

제국의 수도 한복판엔 움직일 수 없는 진리가 있었던가. 그가 본 것은 모조품이 아니었는가. 활동 사진 세트 같은 치사스런 도시. "내달 중 도로 돌아갈까 하오"라고 선배 김기림에게 고백할 수밖에(「사신7」, 1936). 바로 이 순간 소년은 얼마나 큰 실수를 했는가를 직감했소. 귀환불능의 역리(逆理)가 그것. 더 이상 배울 것이 없기에 갈 수도 올 수도 없

2010년 10월 21~22일 서울대학교 신양인문학술정보관에서 열린
'이상 탄생 백 주년 기념 학술대회'의 발표자로 나선 저자의 모습

다는 것. 이로써 그는 끝내 소년의 반열에 머물 수밖에요. 청년화 현상이 부재하는 이 소년의 이름은 이상 김해경. 탄생 백 주년에 제일 알맞은 이유이오. 영원한 소년배였으니까.

2010. 2. 4.

4·19와 말라르메

김현 죽음 20주기에 부쳐

기이한 체험이라 전제한 고(故) 김현 씨는 1988년 이렇게 말했소. "내 육체의 나이는 늙었지만 내 정신의 나이는 언제나 1960년의 18세에 멈춰 있다"라고. 그래도 성이 차지 않아 복창했것다. "내 나이는 1960년 이후 한 살도 더 먹지 않았다"라고. 대체 4·19란 무엇이기에 한 평론가를 이 지경으로 만들었을까.

4·19란, ①2·28 대구사건 ②3·15 마산사건 ③4·18 고대생 데모 ④전국적인 4·19 ⑤4·26 이승만 대통령 하야 등을 가리키는, 이른바 그림자가 없는 역사적 개념이오. 그도 그럴 것이 '자유'라는 이념이 그 속에 비로소 숨 쉬고 있었으니까. 유아론(唯我論)에 빠져 자기만 아는 시를 써 재끼던 김수영, 김종삼, 김춘수 등 3김씨에 4·19가 던진 충격은 엄청난 것이었소. 유아론을 버리고 각기 새로운 지평을 모색해야 했음이 그 증거. 제일 먼저 몸 빠른 쪽이 김수영. '의미의 시' 탄생이 그것. 두번째는 '내용 없는 아름다움'을 읊은 「북치는 소년」(1969)의 김종삼. 이미지 묘사에 매달렸던 김춘수는 어떠했던가. 묘사를 버리고 「인동잎」(1969)으

로 나갔던 것. 그가 닿은 곳은 「하늘수박」(1974).

「하늘수박」이란 새삼 무엇이뇨. 주관·객관의 관계 또는 주어·술어의 인식론에서 빚어진 「꽃」(1952)의 세계를 훨씬 벗어난 경지. 인식론 이전의 세계에로 소급하기였던 것. 이는 문학의 울타리를 넘어선 것. 이 시선에서 보면 대표작으로 말해지는 「꽃」이란 여여(如如)치 않은 한갓 조화(造花)일 수밖에. 한갓 인식론의 산물에 지나지 않았으니까.

이 3김씨에 대한 김현 씨의 반응은 과연 어떠했을까. 김수영에 대한 관심이 씨에겐 제일 엷었소. 그것도 김수영이 "언어로만 자유가 열린다"라고 했을 때뿐. 주의 깊은 독자라면 씨의 마음의 흐름은 씨가 그토록 열심히 또 많이 쓴, '무의미 시'의 대명사 격인 「처용단장」(1974)의 김춘수 쪽에 닿아 있지 않았음도 눈치챘을 터. 씨의 마음의 흐름이 닿은 곳은 「북치는 소년」(1969) 쪽. 김종삼과 더불어 씨는 북을 치고 있었으니까. 어째서 그랬을까. 일목요연한 해답이 주어지오. 북소리가 마음에 들었으니까. 사원의 파이프 오르간을 치는 세자르 프랑크의 리듬이 거기 있었으니까. 말라르메의 본가에 들러 그의 곰방대도 둘이서 함께 만졌으니까.

불문학도인 씨에게 말라르메가 속삭였소. 아가야, 시란 언어로 사유하는 부재(不在)란다. 그것은 울림이란다. 의미 따위에 집착하는 영시와는 다르단다, 라고. 이런 스승과 수제자의 관계가 4·19와 무슨 관련이 있는가. 있다, 라고 힘차게 씨가 말했소. "나는 변하고 있지만 변하지 않고 있었다"라고. "18세밖에 되지 않았다"라고. 4·19 적에 씨가 가졌던, 변하지 않는다는 그 확신이란 무엇인가. 왈 "리듬에 대한 집착, 이미지에 대한 편향, 타인의 사유의 뿌리를 만지고 싶다는 욕망, 거친 문장에 대한 혐오"라고. 맨 앞에 놓인 것이 리듬. 리듬이란 새삼 무엇이뇨. 울림의 시학.

암시의 시학. 말라르메. 그것을 싸잡아서 씨는 세속적으로 4·19라 불렀던 것. 씨는 토종 한국인이었으니까.

2010. 4. 1.

이상의 날개,
도쿄에서 다시 한 번 날다

2010년 7월 16~17일 이상 탄생 백 주년 기념 국제학술심포지엄이 '한일 문학 교류의 현재, 과거, 미래'라는 주제하에 열린 바 있소. 이상 문학회, 무사시(武蔵)대학 총합연구소, 연세대 BK21 사업단 등이 참가하고 재정지원은 한일문화교류기금. 제목 그대로 이상 문학을 중심점에 놓고 한일 문학 교류의 가능성을 점검함이었소. 어째서 이상 문학이 한일 문학 교류의 현재, 과거, 미래를 재는 측도였을까. 이 물음 속에 천금의 무게가 실려 있지 않았을까.

식민지 수탈용으로 세운 경성고등공업 건축과에서 이상이 배운 것은 유클리드 기하학과 비유클리드 기하학의 동시적 성립이었소. '평행선은 절대로 교차하지 않는다'와 '평행선은 어느 무한점에서는 교차한다'는 두 명제의 동시적 성립이야말로 토박이 아이에겐 공포의 대상이 아니었을까. 뉴턴과 아인슈타인이 동시에 이 아이를 공포에 몰아넣었으니까. 이 공포의 정체는 또 20세기적인 것이자 동시에 21세기의 것이 아닐 수 없소. 현재적이자 미래적인 이유가 여기에서 오오.

이 마음 가난한 아이에게 저러한 공포를 직접 가르친 당사자는 누구였던가. 이 점 또한 공포가 아닐 수 없었소. 사람들이 이 점을 간과한 것은 그것이 공기처럼 투명한 존재였기 때문이오. 곧 근대 일본의 '국어'가 그것. 그것은 자연언어인 일본어가 아니라 번역을 통해 일본 근대국가가 창출해 낸 '국어'였소. 이 아이에겐 고도의 추상어, 수식(數式)과 흡사한 것. 그 '국어'를 통해 이 식민지 아이는 글쓰기에 나아갔소. 「오감도」(1934)를 비롯 그의 글쓰기는 당초부터 일어로 이루어졌소. 미발표 육필 유고가 이를 증거하오.

일본의 '국어'가 일본의 자연어가 아니듯 이상이 쓴 한국어도 자연어로서의 한국어가 아니기는 마찬가지. 「산촌여정」(1935)이 이를 증거하오. 요컨대 이 아이는 당초 「서방의 사람西方の人」(1927)의 아쿠타가와 류노스케(芥川龍之介)의 언어로 글쓰기에 나아갔소. 그러니까 이 아이는 공포의 심연을 직접 확인하지 않고는 견딜 수 없었소. 그가 현해탄을 건넌 것은 「날개」를 발표한 1936년 가을이었소. 제국의 수도 도쿄에서 그가 본 것은 무엇이었던가. 실로 빈 강정이었소. 근대국어가 아니라 현지어인 일본어, 자연어가 범람하는 곳.

위기에 놓인 사람 일반이 겪는 일이 그에게도 어김없이 찾아왔소. 살아온 지난날의 되돌아봄이 그것. 도쿄에 도착한 지 한 달만에 그는 「종생기」(1937)를 썼소. 그동안 단편적으로 쓴 것의 집합체. 두 달만에 쓴 것이 「권태」(1937)였소. 한국어로 쓴 가장 기품 있는 글 말이외다. 이 순간부터 이상 문학은 일본의 '국어'와 결별, 한국문학 범주로 넘어왔소. 만일 이 도쿄 체험을 통렬히 소화했더라면 필시 그의 문학은 새 지평이 열렸을 터. 한국의 국어로 쓰는 문학 말이외다. 제국의 수도 도쿄는, 이 아이

청년 이상(1910~1937)

를 포용할 수 없었소. 7개월 만에 이 아이는 레몬 혹은 멜론의 향기를 떠올리며 숨을 거두었소.

사후 63년 만에 도쿄는 이 아이를 어떻게 포용할까 겸허히 궁리하고 있소. 그 '어떻게' 속엔 일본의 국어와 한국의 국어 위에 군림하는 보편어의 위상이 있소. 이 보편어야말로 제3의 공포가 아닐 것인가. 이상의 날개가 다시 한 번 날아야 할 이유이오.

2010. 8. 20.

집중성, 지속성의 삼인행

이호철, 이승우, 박민규

『1Q84』(무라카미 하루키, 2009)의 작가는 묘비명을 자기가 선택하는 게 가능하다면 이렇게 쓰고 싶다고 했소. "무라카미 하루키. 작가. 1949~20XX. 적어도 끝까지 걷지는 않았다"라고. 왜냐면 그는 러너였으니까. 42.195km 완주하기. 너무 빨리 달리면 위험하며, 그 반대면 등수에 들 수 없는 법. 아마도 작가란 자질의 문제. 타고난 것이기에 속수무책인 것. 할 수 있는 것이라곤 집중력과 지속성뿐. 이 둘은, 이리 따져도 저리 비틀어도, 육체의 근력에서 오는 것. 이 둘은 결코 재능의 대용품일 수 없기에 어떻게든 견뎌 나갈 수밖에. 그럴라 치면 자신 속에 아주 깊숙이 잠들어 있는 비밀의 수맥과 우연히 마주치기도 하는 법. 이런 행운이란, 거듭 말해, 근력의 힘에서 온 것이 아닐 수 없소.

눈여겨보면 우리 문단에도 이런 행운이 수시로 벌어지고 있지 않았을까. 2011년도 대입 수능시험 언어 영역을 보셨는가. "형은 울었다. 밤이 깊도록 어머니까지 불러 가며 소리 내어 울었다"로 시작되는 소설 한 대목이 나와 있소. 이호철의 출세작 「나상」(1955). 북한군의 포로가 된

형제가 있었소. 형은 조금 모자라는 위인. 그러니까 벌거숭이 인간이 외부의 폭력에 희생되는 모습을 그린 것. 씨의 출발점은 「나상」과 함께 「탈향」(1955)이었소. 19세의 원산고등중학생인 씨가 단신 월남한 것은 1951년 1월 초. 체호프 소설을 몸에 지니고 부두 노동으로 전전하며 「나상」을 썼고 「판문점」(1961), 『남녘사람, 북녘사람』(1996) 등을 썼소. 이 모두는 오직 분단문학이라는 한마디로 말해지는 것. 씨는 이 주박에서 한 발자국도 벗어나지 않았소. 이 지속성은 「오돌할멈 손자 오돌이」(2009), 「아버지를 찾아내라」(2010)에로 뻗어 있지 않겠는가. 이 지속성, 이 집중성은 어디서 왔는가. 근력 운동이 그 정답. 그 근력의 힘이 재능에 닿은 그런 순간이 아니었겠는가.

이런 행운이 어찌 이호철 한 사람뿐이랴. 금년도 황순원 문학상 수상작 「칼」(2010)의 작가 이승우 씨를 대번에 들 수 있소. 출발점 『에리직톤의 초상』(1981) 이래 씨의 소설적 소재와 그 운용 방식은 분단문제라든가, 전짓불 아래의 딜레마도 자생적 운명도 아니었고, 더구나 마음의 흐름 따위와도 무관한 것. 바로 관념이었소. 인간이기에 고유하게 갖고 있는 이 야생 당나귀같이 힘센 관념성이란 무엇인가. 우리 문학에서는 제일 결여된 부분. 곧 그것은 고대 해적들이 쓰던 단검이 아닐 수 없는 것. 이 예리한 단도에 대한 매력이야말로 씨의 집중성과 지속성의 원천이었던 것. 씨의 글이 서구어로 번역될 수 있는 근거도 여기에서 오는 것. 샤머니즘처럼 엉겨 붙지 않으니까.

「아침의 문」(2010), 「끝까지 이럴래?」(2010)의 작가 박민규 씨는 어떠할까. 지난해 황순원 문학상 수상자인 씨는 수상의 자리에 복면을 쓰고 나타났고, 금년 이상 문학상 시상식엔 검은색 안경으로 낯을 가리고 있었소. 이 기묘한 행태는 데뷔작 『지구영웅전설』(2003)에서부터 드러났던 것. 씨는 우주인이었으니까. 씨가 선 땅이란 그냥 지구일 뿐. 미국도 중국도 파리도 모스크바도 없다, 달에도 갈 수 있고 별에도 갈 것이다, 거기서도 어김없이 미국의 자동차 세일즈맨을 만날 것이다. 「끝까지 이럴래?」 끝까지 이럴 수밖에. 「자서전은 얼어 죽을」(2010)이랄밖에. 이 집중성, 지속성이 문득 빛난다 하면 조금 과장일까.

2010. 12. 18.

일관된 지속적 미의식

사르트르, 마루야마 마사오, 박경리

1964년도 노벨 문학상이 『말』(1964)의 작가 장 폴 사르트르에게 주어졌을 때, 세상은 놀라지 않았소. 그럴 만했으니까. 사르트르가 이 상을 즉각 거절했을 때도 세상은 놀라지 않았소. 역시 그럴 만했으니까. 이 두 가지 그럴 만함의 무게를 단다면 아마도 저울추는 후자 쪽으로 기울지 않았을까. 노벨상이란 좀 기운깨나 있고, 또 좀 운이 좋다면 누구나 탈 수 있는 것. 그러나 이 상을 정면에서 그것도 즉각 거절할 수 있는 경우는 사르트르뿐이었으니까. 1945년 해방된 프랑스는 레지스탕스로 활동한 그에게 레종 도뇌르(Legion d'Honneur) 훈장을 수여코자 했으나 사양한 것으로 되어 있소. 프랑스 한림원 회원, 꼴레쥬 드 프랑스 교수 되기도 거절했고, 라 플레이아드(La Pléiade) 총서에 드는 것조차 마다했다 하오. 유아독존, 천하의 사르트르라 부를 만하오. 오죽했으면 드골조차 "그는 하나의 정부다"라고 했으랴.

대체 무엇을 믿고 그는 그토록 잘난 척했을까. 스웨덴에 보낸 그의 성명에서는 '개인적 이유'라 했소. 그가 지지하는 베네수엘라 게릴라 투쟁에 노벨상이 휘말릴까 저어했기 때문이라 했소. 이런 말을 누가 곧이 믿으랴.

그렇다면 진짜 이유는 무엇이었을까. 이 물음에 정면으로 도전한 사람이 『사르트르 평전』(2000)의 저자 베르나르 앙리 레비. 660면을 넘는 이 야심찬 책은 그 도도한 사르트르도 1968년 국민 공로상 일등 수훈자임을 밝혀냈소. 저자 말대로 실로 기묘한 일이 아닐 수 없소. 그러나 그게 어찌 기묘한 일일까 보냐. 씨가 이 저서에서 공들여 밝혀 놓은바 그 진상은 이렇소. 사르트르는 문학을 일종의 신경증상 또는 병증의 일종으로 보았는바, 이 질병을 유년기부터 앓아 오다 마침내 그 병이 치유되어 진짜 자유인이 된 경위를 그린 것이 『말』이라는 것. 요컨대 문학에의 결별 선언서인 『말』에다 최고의 문학상이 주어졌다는 것. 아무리 유아독존의 사르트르라도 이 장면에선 속수무책이었던 것. 그러고 보면 사르트르란 참으로 겸허한 한 인간이란 느낌을 물리치기 어렵소.

문득 이 장면에서 마루야마 마사오(丸山眞男)가 떠오름은 웬 까닭일까. 정치사상가 마루야마는 전후 일본사회에서 민주주의 사상 전파에 공헌한 인물. 그의 초국가 이론이라든가 일본 정치사상사의 학술적 천착에 압도당하지 않은 사람은 아주 드물었을 터. 또 그는 저널리즘에도 가장 맹렬히 활동한, 이른바 만능선수이기도 했소. 그러나 본점(本店)인 사상사 연구 쪽은 별도로 치더라도 야점(夜店)인 정치평론 쪽을 문제 삼을 때 그 역시 오판, 실수, 착각에 빠졌다 하오(미즈타니 미쓰히로水谷三公, 『마루야마 마사오』, 2004). 만년에 가서는 자기의 주장인 사회민주주의조차 회의하고 부정할 정도.

역사에 대한 오판이나 실수 따위란, 그도 범속한 인간이었음을 웅변

하는 것이라 놀랄 일은 못 되오. 그러나 다음과 같은 일관된 미학엔 탈모(脫帽)할 만하오. 서위, 서훈, 혹은 국가가 주는 어떤 상도 받지 않았음이 그것. 아마도 그는 친지나 동료들의 수상식엔 참여하고 축하도 했을 터. 그러나 이 일관된 수상 거부의 지속성이란 대체 무엇인가. 신념이나 이데올로기보다 윗길에 놓이는 '지속하는 기분'이 아니었을까.

이들은 모두 생존 시의 일. 사후에는 어떠할까. 작고한 『토지』(박경리, 1969~1994)의 작가에게 정부는 금관문화훈장을 추서했다 하오(2008.5.5). "우리 국민들이 너무 노벨상 운운하는 것도 사실은 자존심이 좀 상한다"(「마산MBC 송호근 특별대담—작가 박경리」, 2004)라고 한 생전의 작가라면 어떤 태도를 취했을까. 이런 궁금증을 오래 남겨 두고 싶은 사람도 있을 법하오.

2011. 2. 19.

두 개의 제단을 밝힌 다섯 개의 등불

의형제 장준하와 김준엽

전쟁 말기에 일제는 조선인 학병 소집까지 했소. 전문학교 학생, 대학생(사범계, 이공계 제외) 4385명이 일제히 징집된 것은 1944년 1월 20일. 이가형(교수) 등은 미얀마, 김수환(종교인) 등은 남양, 한운사(극작가) 등은 일본 본토, 장준하(언론인)·김준엽(학자) 등은 중국행. 이중 중국 쪽에 탈주병이 제일 많았는데, 육천 리를 걸어 임정까지 간 숫자만도 약 50여 명. 환영식장에서 김구 주석께서는 흑 하고 소리 내어 우셨다 하오.

행동은 저마다의 상황에 따라 달랐겠지만 분명한 것은 목숨을 건 결단이었다는 점. 김준엽의 경우는 거금(집 한 채 값)을 몸에 지녔고, 장준하의 경우는 성경책이었소. 중국 땅 광막한 조밭을 뚫어, 동북방 하늘이 밝아 올 때 탈출 학병의 얼굴에는 장대한 황혼의 빛깔이 물들었소. '조국'이라는 이름의 무대 예술 속의 무언의 연기. 말을 잃을 수밖에. 이 무대 예술의 언어란 무엇인가. 임정 찾는 행로란 이 언어 찾기에 다름 아닌 것.

맨 처음 그것은 '등불'이었소. 임정 가는 도중 4개월간 그들이 머문 린취안(臨泉)에서 등불을 켰소. '등불'이란 제호 밑에 한반도를 그리고 그 속에 빛나는 램프를 그려 넣은 잡지 만들기가 그것. 윤재현의 제안으로 김준엽이 삽화를 그린 잡지 『등불』엔 시, 소설, 논문 등이 실렸소. 장·윤·김의 합작품. 거적때기 위에 잠자며 마분지 위에 붓으로 단 한 부 만든 이 '등불'을 보시라. 김의 내복을 빨고 빨아 표지를 삼은 것. 2호까지 간행.

이 등불을 들고 파촉령을 톺아 드디어 충칭(重慶)에 닿았소. 이미 등불은 불필요. 주석께서 거기 계시니까. 그렇지만 딱하게도 등불을 다시 켜야 했소. 어째서? 학병들의 거센 임정 비판 때문이오. 거북해진 이들은 스스로를 추스르기 위해 『등불』 속간에 나아갔소. 등사기가 있어 80부를 낼 정도. 그럼에도 등불은 더 밝아지지 않았소. 그들은 충칭 교외 투차오(土橋)로 옮겨 갔소. 숨통이 트였다고나 할까. 여기서 『등불』을 5권까지 냈소.

그래도 등불은 더 밝아지지 않았소. 주석의 친서 「장준하 청람」을 받았기 때문. 의형제를 맺은 두 사람이 간 곳은 시안(西安)의 이범석 장군 휘하 미군 OSS(미국전략첩보대). 훈련소는 시안 교외 두취(杜曲)의 옛절. 현장법사와 규기 및 신라 왕자 왕측의 송덕비가 있는 곳. 장준하는 여기서 큰 두려움에 휩싸였음에 틀림없소. 이 장군의 보좌관으로 김준엽이 갔기 때문. 이 고독감의 끝에 빛이 보이기 시작했소. 고된 훈련 와중에 그가 한 것이 잡지 『제단』이었소. 나를 바칠 조국의 제단이자 신의 제단. 창간호 300부. 그러나 이 『제단』도 2호를 제본하지 못했소. 1945년 8월 10일, 일본이 포츠담 회담 무조건 수락을 외교 경로를 통해 통고했기 때문.

어리석은 사람은 이렇게 말하기 쉽소. "누가 그 실물을 보았는가"라고. 김준엽은 이렇게 답했소. "우리가 보물로 여겼던 『등불』지를 장준하

형이 천신만고를 겪으며 국내까지 가지고 들어왔으나 6·25 전란 때 아깝게도 분실하고 말았다"라고. 그리고 한마디 보탰소. 『사상계』라는 잡지를 아시는가, 라고.

2011. 7. 23

후기의 스타일

최인훈의 「바다의 편지」에 부쳐

『광장』(최인훈, 1960)을 해설하는 글에서 평론가 김현은 그 머리에 이렇게 썼소. "그는 아주 어린 시절부터 책을 통해 추상적 사고라는 어려운 정신 곡예를 배웠다"라고. 삶이라는 카오스에서 질서와 논리를 이끌어 내어 그것으로써 삶을 규제해 보겠다는 것인데, 이를 헤겔 식으로 하면 주체성이라 하겠소. 이 사실 앞에 사람들은 코웃음을 치기 쉽소. 아무리 명석한 논리라도 복잡한 현실 앞에서 속수무책임을 어찌 모르는가. 그렇다고 모든 것을 팔자소관으로 돌리면 속이 편할까. 어림도 없는 일. 『광장』이 문학사에서 빛나는 것은 샤머니즘적 체질에 대한 확실한 비판에서 온 것이지요.

작가는 주인공 이명준을 제삼국행 선박에 태웠소. 왈 '중립국행'. 명석한 논리가 현실의 카오스에 못 미치고 얼마나 수세에 몰리는가를 보여주는 소설적 징표. 이를 달리 '망명객'이라 부를 수밖에요. 이 명징한 논리의 담보물이 바로 이명준이었소. 그냥 이명준이 아니라 동중국해에 잠수하여 지금껏 버티고 있는 잠수부. 이명준을 통해 작가는 한반도의 수

1969년, 『소설가 구보 씨의 일일』을 집필 중인 소설가 최인훈

압을 재고 있었소.

여기서 잠시 작가가 내세운 명석한 논리의 족보를 따져 보면 어떠할까. 이는 추상적 사고에 다름 아닌 것. 두루 아는바 헤겔은 주체성의 끈을 한 번도 놓지 않았소. 현실의 부조리가 공격해 올 때마다 '역사의 간지'라 하여 눈을 딴 데로 돌렸으니까. 오늘날, 상상계에서는 주체성이란 도저히 상종 못할 괴물이며 그 때문에 많은 것을 망쳤다고 벌떼같이 일어나 외치고 있소. '부정변증법'까지 등장한 판이니까. 그렇지만 『광장』의 작가는 이런 철학사의 흐름에 어떻게 대처했을까.

대체 잠수부 이명준은 어떻게 죽었는가. 명석한 주체성의 논리는 어떻게 해체되었을까. 「바다의 편지」(2003)가 그 해답이오. 양간도(洋間島, 미국) 체험 3년 만에 귀국한 작가는 엉뚱한 몸짓을 했소. 「옛날 옛적에 훠어이 훠이」(1976) 등 희곡(극시)에 치달았고, 자전소설 『화두』(1994)에로 회귀했소. 침묵할 수밖에. 침묵도 문학적 양식이니까. 침묵 십 년 만에 쓴 작품이 「바다의 편지」이오.

19세 청년이 1인용 남파 잠수정에서 침몰하며 죽어 가는 과정을 어머니께 보고한 이 소설은 의식이 서서히 소멸되는 과정을 보이고 있소. 가슴이며 팔, 다리가 서서히 해체되어 물고기가 드나들 만큼 되었을 때까지도 각 부분의 '나'는 동시에 한 '나'로 의식되는 데 큰 지장이 없었는데 언제부턴가 이 통일에 시차가 생겼다는 것. "여태껏 내가 알지 못한 새 존재 형식 속으로 들어가게 될 것이 분명하다는 인식"에 이르오. 기억의 단일성이 더 지켜지기 어렵게 되어 가는 과정이란 이명준의 해체과정, 곧 논리의 명징성에 대한 포기가 아닐 것인가.

잠깐 그렇다면 이명준의 패배일까. 이에 대해 『오리엔탈리즘』(에드워드 사이드, 1978)의 작가가 변명하고 있소. 바로 그것이 '후년의 스타일'이라고. 아도르노와 더불어 망명객 출신이자 67세에 죽어 만년 축에 가본 적 없는 이 문명사가는 『말년의 양식에 관하여』(2005)에서 힘주어 말했소. 생애의 후기에 예술가는 자신의 지금까지의 일과 시대의 관습과도 다른 기묘한 작풍을 드러내어 최후까지 세상과 타협하지 않는다, 라고. 그것이 훗날 역사의 소중한 부분이 된다, 라고.

2012. 3. 5.

엉겅퀴꽃에 얻어맞은 곡절

윤후명의 제1회 전시회에 부쳐

지난 3월 하순 관훈동 인사아트센터에 갔소. 맨 먼저 맞이한 것은 불을 뿜으며 하늘로 솟구치는 몽둥이같이 생긴 엄청 큰 엉겅퀴꽃. 계속해서 갖가지 색깔의 엉겅퀴가 벽에서 그냥 쏟아지는 것 같았소. 쏟아지다니, 정확하지 않소. 쏟아짐이란 고흐의 「아를의 별이 빛나는 밤」(1853)의 그 별에나 알맞은 표현이니까. 그게 아니라, 야구방망이처럼 일제히 튀어나왔소. 주춤 뒤로 물러설 수밖에. 정신을 차렸을 때 나는, 또 일요일인데도 구경꾼이 거의 없음에 새삼 감사했소. 아무도 방망이에 맞고 있는 내 꼴을 보지 못했으니까.

설마 구경꾼을 후려치기 위해서일까. 저렇게 많은 방망이어야 했을까. 심지어 여행 가방에까지 올라타고 있는 엉겅퀴. 불타는 방망이들. 그렇다면 저 전시실을 가득 채운 엉겅퀴꽃이란 대체 무엇이며 또 어디서 온 것일까. 『둔황의 사랑』(윤후명, 1983)의 이 소설쟁이가 나와 무슨 원수가 졌기에 방망이로 내리친단 말인가.

1980년대 가난한 남녀가 셋방이 하도 추워 쇠침대를 들여놓고 연탄을 피웠다 하오. 직장에 다니는 아내가 임신했을 때 낙태수술을 하고 말았소. 아기를 누일 공간도 없는 쇠침대. 이를 두고 '둔황의 사랑'이라 불렀소. 만일 지운 아이가 남자라면 봉산탈춤의 사자가 되었을 터, 여자라면 자라서 세종문화회관의 비천상이 되었을 텐데도 말이외다.

그 방망이를 맞고 보니, 내가 80년대의 딱 한가운데에로 와 있지 않겠는가. 그때나 지금이나 남의 소설 읽기에 공을 들여 온지라 윤 씨의 소설 『엉겅퀴꽃』(1985)도 읽었소. 둔황과 명사산을 헤맨 지 두 해가 지난 시점. 실업자가 된 작중 화자인 '나'의 헤맴이 거제도까지 뻗었소. 거기서 '나'가 본 것은 6·25 적 포로수용소의 흔적. 이젠 폐허가 된 그곳에서 본 것이 엉겅퀴꽃. 갓 잡아 저며 놓은 무슨 생선의 살코기처럼 선연한 엉겅퀴꽃! 이 선연한 엉겅퀴가 몽둥이가 되어 나를 후려칠 이치가 없고 보면, 대체 그 몽둥이는 어디서 왔을까.

작가 윤 씨는 이 점에서 아주 솔직했소. 어떤 회사 선전 책자에 실을 원고를 청탁받았다는 것. 그 책자의 '제1호'가 엉겅퀴였다는 것. 거기 그려진 도안이 이러했다 하오. "삐죽삐죽한 톱니 꼴의 잎사귀가 머리털이 곤두선 인형의 얼굴 또는 파인애플 같았다"라고. 작가도 자라며 흔히 보았을, 씨방 주머니가 두툼한 연보랏빛 꽃인데, 어째서 책자의 도안에서 이를 새삼 확인한 것이었을까. 도안이 아니었던들 엉겅퀴꽃은 없었던 일. 그러니까 도안 따로, 현실 따로였다는 것. 이 위화감, 다시 말해 이 도안이 몽둥이가 되어 나를 후려친 것이 아니었을까. 그러고 보니 도안 따로 실물 따로의 위화감이 먼저 소설가 윤 씨를 후려치지 않았을까.

이번엔 소설가 윤 씨의 차례. 윤 씨는 삶의 세파 속에서도 쉬지 않고 이 위화감과 싸워 오지 않았던가. 윤 씨가 도안을 향해 방망이를 휘둘렀

것다. 뿐만 아니라 실물을 향해서도 휘두르지 않았을까. 통렬한 복수극이 전시장을 가득 채우고 있지 않았을까. 스스로 해방되는 길은 이 길밖에 더 있으랴. 지하철로 귀가하면서 나는 나대로 몽둥이에 맞은 허리가 새삼 아리기 시작했소.

2012. 5. 28.

단편으로 일관했던 레이먼드 카버

『레이먼드 카버—어느 작가의 생』에 부쳐

넓은 대지에 당신 멋대로 집을 지어 달라고 위탁받은 건축가가 있소. 20평짜리 삼각형 대지에 5인 가족이 살 수 있는 집의 설계를 위탁받은 건축가가 있소. 후자의 경우 건축가는 얼마나 곤혹스러울까. 단편이 바로 그러한 것. 고도의 기교가 요망되는 이른바 '문학적 글쓰기'가 이에 해당되겠지요. 레이먼드 카버(Raymond Carver, 1938~1988)가 특히 그러하지 않았을까. 900쪽이 넘는 캐롤 스클레니카의 『레이먼드 카버—어느 작가의 생』(2009)을 위의 물음에 주목하며 읽는다면 어떠할까.

이 평전의 기본 구도는 다음 세 가지. 작가 주변의 인물과의 관련 양상이 그 하나. 둘째는 미국 출판계 인사들과의 교섭. 작품 성패를 결정하는 명편집자를 수두룩하게 갖추고 있는 출판계를 한눈에 들여다볼 수 있소. 절제된 대화체의 카버의 작품을, 철학도 없는 공허한 것, 미니멀리즘이라 했다가도 천사의 손이라 추기기도 하는 것. 토머스 울프를 키워 낸 명편집인 맥스웰의 전통을 가진 미국 식의 자존심이랄까. 『뉴요커』, 『에스콰이어』 등 고급 월간지가 미학적 문학으로서 실을 수 있는 분량. 게다

20세기 후반 미국문학을 대표하는 소설가이자 시인 레이먼드 카버

가 오 헨리의 나라의 전통이 무의식 속에서 작동하지 않았을까.

세번째는, 이 점이 중요한데, 작가와 대학의 관계. 아마도 미국 인문학의 한 갈래인 글쓰기(문창과)의 활성화를 위해 대학이 작가를 요구했다는 점이 이 평전 속에 상세하오. 카버는 여러 대학에서 선생 노릇도 했고, 곳곳에서 자작 소설 낭독회도 가졌으며, 또 하나 구겐하임 등 곳곳에서 주는 창작 기금 수혜자였소. 문학이 무엇이기에 대학이 이토록 작가를 고양하고 부추겼을까. 아마도 60년대에 이미 대학 인문학에 위기감이 깔려 있지 않았을까. 이 경우 단편에서 승부가 빨리 결정된다는 것.

위의 세 가지는 내가 주목해 본 것에 지나지 않소. 내가 이 평전을 공들여 읽은 것은 다름 아니오. 겨우 읽어 본 것이 단편집 『대성당』(1983)뿐이라, 그것도 겨우 번역판(김연수 옮김, 문학동네, 2007)으로 읽은 꼴에, 여기 실린 작품들을 어찌 감히 언급할 수 있으랴. 그렇기는 하나, 어떤 인상적인 것은 감지되는 법인데, 『대성당』에서 그런 것이 있었소. 아내의 옛 친구인 늙은 맹인이 찾아오자, 불편해진 남편의 방어기제가 조금씩 열려 두 남자가 종이에 함께 대성당을 그려 보이고 있소. 드디어 두 사람의 소통이 조금 이루어진다는 것. 평전의 저자는 이 장면을 어떻게 분석하고 있을까. 내 궁금증은 여기에 있었소. 저자는 두번째 아내인 갤리거의 체험담과 관계있다고 적었소. 지문 채취하는 일과 눈멂의 은유가 핵심이었다는 것.

이러한 평전 방식은 작품과 작가의 삶이 가진 의의로 나아가지 않음이 원칙이오. 작품과 작가의 삶에로 뚫고 들어가는 사르트르 식 '실존적 정신분석'과는 별개라 하겠소. 『성聖 주네*Saint Genet*』(1952)에서 보듯 사르트르는 작품과 작가의 실존적 정신분석을 행하고 있는데, 바로 평전이, 인간 탐구의 새로운 방식인 문학비평급에 들기 때문이오.

2012. 7. 23.

'나의 청춘은 나의 조국'론 재음미

정지용의 경우

"예술, 학문, 움직일 수 없는 진리/그의 꿈꾸는 사상이 높다랗게 굽이치는 동경(東京)/모든 것을 배워 모든 것을 익혀/다시 이 바다 물결 위에 올랐을 때/나는 슬픈 고향의 한밤/홰보다도 밝게 타는 별이 되리라/청년의 가슴은 바다보다 더 설레이었다"(「해협의 로맨티시즘」, 1938)라고 임화는 읊었소. 이광수들도 그러했다고 김동인이 증언했소. "네 칼로 너를 치리라!"라고. 심지어 「오감도」(1934)의 이상조차 그러하지 않았을까. 과연 제국 일본의 수도 도쿄에는 진리, 학문, 예술, 과학이 그 자체로 범접할 수 없는 것으로 있었던 것일까. 직접 가볼 수밖에. 「오감도」의 시인은 대번에 속았다고 직감했소. "가짜다!"라고. 올 수도 갈 수도 없어 그는 거기서 죽을 수밖에.

이광수들은 죽지 않고 『무정』(이광수, 1917), 『삼대』(염상섭, 1931), 『고향』(현진건, 1926)을 썼소. 임화들도 죽지 않고 카프(KAPF) 서기장으로 버틸 대로 버티었소. 홰보다 밝게 타는 별이라 자부했기에 어찌 죽을 수 있으랴. 잠깐, 과연 죽지 않는 방도가 이런 것밖에 없었을까, 라고 누군가 토를 단다면 어떠할까요. 이렇게 토를 단 사람은 필시 이런 시구를 염두에 두지 않았을까. "나의 청춘은 나의 조국! / 다음날 항구의 개인 날씨여!"(정지용, 「해협의 오후 두 시」, 1933)

모든 것이 있다는 도쿄에 가기 위해서는 바다를 건너야 했소. 이른바 관부연락선. 한밤중 현해탄을 건너는 청년들에게 어찌 잠이 오겠는가. 자작의 아들도 아닌, 기껏 충청도 옥천 출신의 청년 정지용이 가진 것이라곤 '청춘'뿐이었던 것. 이 청춘이란 얼마나 무겁고 굉장한가! 왜냐면 '조국'과 등가물이니까. 조국의 위대함, 조국의 큰 울림이 바로 '청춘'이었다는 것. 이 '청춘'이란 무엇보다 직접적으로는 몸뚱이가 아닐 것인가.

몸뚱이란, 감각이 정신에 앞서는 것. 가장 원초적인 것이 감각이니까. 이 몸뚱이로 제국의 수도에 부딪히기. 그 첫번째 시도가 바로 「신라의 석류新羅の石榴」(1925). 교토의 도시샤(同志社)대학 동인지 『거리街』에 실린 이것은 일어로 쓴 최초의 작품. "보시라, 일어와 한국어가 등가이다"라고. 그것이 신라의 석류였다는 것. 그것을 쪼개면 홍보석이라는 것. 이 홍보석의 아름다움을 비유할 수 있는 것은 신라 천년밖에 없다는 것.

무엇보다 여기는 헤이안조(平安朝) 천년 고도 교토임에 주목할 것이오. 이 청년은 이 천년 고도에서 시적 감각을 익혔소. 조국의 무게만큼의 비중으로 말이외다. 감각의 날카로움, 전례 없는 언어의 촉수로 사물을 꿰뚫기, 온몸으로 언어의 촉수화되기. "해발 오천 피트 권운층 위에 / 그싯는 성냥불!", "연정은 그림자마저 벗자 / 산드랗게 얼어라! 귀뚜라미처럼"(「비로봉1」, 1933)에서 이 촉수를 보시라. 시의 새 경지를 연 것은 모두가 아는 일. 그런데 문제는 또 있소. 그것이 과연 '조국'의 울림과 등가일 수 있을까. 왜냐면 시간이 갈수록 「장수산」(1939)에서 보듯 『시경』의 고대에로 아득히 물러서고 있으니까.

2012. 10. 15.

박완서의 후기 스타일

『그 남자네 집』에 부쳐

베토벤 만년의 작품을 논하는 마당에서 아도르노는 '후기(後期) 스타일'이라는 특별한 말을 썼소. 예술가란 만년에 이르면 모가 깎여 원만해진다는 식의 통념을 송두리째 뒤엎는 경우가 베토벤이라 했소. 원만해지기는커녕 더욱 격렬해졌으니까. 박완서의 후기 장편 『그 남자네 집』(2004)이 그러하다고 나는 여기고 있소. 성북동에서 살았던 시대를 떠올리며 집에도 영혼이 있다는 식으로 이끌어 간 회고형 단편 「그 남자네 집」(2002)을, 불과 두 해 뒤에 장편으로 다시 쓴 것.

그렇소. 다시 쓴 것이오. 어째서 제목을 그대로 둔 채 장편으로 다시 썼을까. 아마도 그럴 수밖에 없는 내적 격렬성이 그를 가만 두지 않았기 때문이었을 터. 왜냐면 이제 작품 쓰기의 한계에 닿았으니까. 말을 바꾸면 소설보다 훨씬 중요한 것, 소설 초월 혹은 소설 미달이어도 상관없는 그런 경지에 닿았으니까. 소설이면 어떻고 또 아니면 어떠랴. 써야 할 것을 써야 하니까. 물론 소설의 누더기를 걸치기는 했지만 유별난 형식 찾기라고나 할까. 그 형식을 따라가 보면 어떠할까.

『그 남자네 집』은 데뷔작 『나목』(1970)에 이어진 것. 주인공 이경과 결혼한 청년 황태수가 『그 남자네 집』에서는 은행원 전민호로 바뀌었지만 사정은 마찬가지. 일상적·가정적 삶이니까. 그렇다면 『그 남자네 집』에서의 '그 남자'란 누구인가. 6·25 적에 성북동에서 만났던 청년. 이 청년을 사람들은 상이군인이라 하지 않겠는가. 미스 리인 '나'의 시점으로 보면 그 남자의 이름은 현보. 상이군인이라니, 저렇게 멀쩡한데 상이군인이라니, 말도 안 돼, '나'는 사기당한 것인가 따져 볼 수밖에. 너, 어수룩한 사람에게 사기 친 거지. 대체 네 정체가 뭐냐.

이러한 옹골찬 따짐 앞에 드러난 현보의 정체는 이러하군요. 6·25때 인민군이 들어오자 현보의 형은 안정된 신분을 유지했다. 석 달 반 만에 인민군이 후퇴하자 형은 북으로 가 버렸다. 처자식, 노부모를 남겨 놓은 단신 월북. 인민군이 다시 서울을 점령했을 때 처자식은 두말없이 따라나섰지만, 결국 노부부는 헤어지는 쪽을 택했다. 아버지는 큰아들을 따라 북으로, 노모는 국군인 막내가 있는 남한에. 막내가 가벼운 부상을 입고 상이군인이 되어 성북동 큰집에 와 보니 노모만 남아 있지 않겠는가.

이런 사정이야 선우휘, 이호철 등에 의해서도 이미 반복된 것. 그렇다면 박완서 나름의 후기 스타일은 어떠했을까. 잠시 볼까요. 현보가 '나' 때문에 상사병으로 눈이 멀었을까. 천만에요. 뇌 사진을 찍어 보니 종양이 있었소. 수술해 보니, 종양이 아니라 벌레였던 것. 그것도 열 마리가 넘는 벌레. 시험관에 보관된 벌레를 보았을 때의 장면.

> 약물인 듯한 액체 속에 구더기같이 생긴 연분홍 벌레들이 잠겨 있었다. 죽어 있는지 살아 있는지 분간할 수 없었다. 여자들이 죽었다 깨어나도

알 수 없는 딴 세상, 극한 상황의 전쟁터가 떠올라 몸서리를 쳤다. 그것이 다 벌레의 짓이었을까.

벌레들의 시간, 바로 이것이 평생 "나만 억울하다!"로 소설을 써 온 박완서가 이른 곳. 6·25란 벌레의 소행이라는 것. 이미 생리화한 것이기에 어떤 설명도 넘어서는 곳. 후기 스타일의 한국식 사례라 할 수 없을까.

2013. 2. 4.

저우쭤런과 백철

문학인의 대화

전공이 전공인지라 「아큐정전」(1921)의 작가 루쉰에 대해서는 풍문으로나마 들은 바 있소. 그 친아우인 저우쭤런(周作人, 1885~1967)에 대해서도 그렇소. 베이징이 일본군에 지배된 것은 1937년이오. 장제스 중심의 세력은 충칭으로 거점을 옮겨 바야흐로 중국은 양분 상태. 일 점령군 아래 놓인 중국인을 통치하는 정치가가 이른바 왕자오밍(汪兆銘). 그 교육 총책임자이자 베이징대학 일문학 교수가 바로 저우쭤런이었소. 2차 대전이 끝났을 때, 영락없이 이른바 한간(漢奸)의 괴수로 그에게 엄한 징벌이 주어졌다 하오. 장제스 정부도 그러했고 마오쩌둥 정부도 그러했다 하오. 그러나 저우언라이(周恩來)의 주선으로 연금(軟禁) 상태의 그로 하여금 일본 고전 번역에 종사케 했다 하오.

이러한 것은 풍문의 일종이긴 하나 내 전공과 관련된 부분이 두 군데 있소. 하나는 내가 멋대로 읽은 저우쭤런의 『이완용과 박열李完用与朴烈』(1926)이오. 이완용이 위독할 때 일본 황실이 포도주를 한 상자 주었다 하오. 박열 부부로 말할 것 같으면 천황 타도를 내세운 이른바 대역 사

중국 문학의 비인간성을 배격하고 휴머니즘 문학을 주장함으로써
신문학의 방향을 제시한 문학가이자 평론가 저우쭤런

건의 주동자. 이에 대해 저우쭤런은 이렇게 썼소. "만일 일본이 중국 합병을 도모한다면 중국엔 많은 이완용이 나올 것으로 믿으나 다만 한 명이라도 박열 부부가 나올까 여부는 의심스럽다"라고. 그리고 이렇게 덧붙였소. "조선 민족이여 아무쪼록 미약한 개인적 경의를 받아 주기를 바란다"라고. 민족의 독립과 민족의식에 문학을 종속시켜 온 나로서는 이런 구절이, 앞뒤 돌봄 없이, 뜻깊어 보였소. 한갓 근대의 산물인 민족주의에 한국 근대문학이 걸려 있고 육당도 춘원도 마찬가지였다고 나는 믿었던 것이오.

다른 하나는, 이 점이 중요한데, 평론가 백철과 저우쭤런의 면담. 1942년 초여름, 만난 곳은 붉은 벽 대문을 셋이나 지난 서재 겸 응접실. "백 씨 환영하오." 뜻밖의 영어. 마침 그의 일본인 부인이 일어로 분위기를 부드럽게 했다 하오. 『매일신보』 베이징 특파원답게 백철이 기록을 하자 저우쭤런은 이를 막았소. 기자와의 만남이 아니라는 것, 조선의 문학자와의 만남이라는 것.

당연히도 이런 물음이 나올 수밖에. 집안일로 절교한 바 있는 형이지만, 루쉰을 아느냐, 라고. 「아큐정전」 등이 널리 알려졌다고 하자 조선의 독자 수준을 높이 평가한다고 했다 하오. 이번엔 백철의 차례. 지금은 뭣을 하시느냐. 왈, 별로 새로 하는 일은 없고 과거에 써둔 것, 발표할 것들을 정리하고 있다고. 두 시간의 대면을 마치고 돌아오면서 백철은 이렇게 썼소. 그가 베이징에 남아 있긴 하지만, 이 점령 지구가 마음에 들어서 있는 것은 아니구나, 라고. 살기 위해, 나아가 더 잘 살기 위해 『매일신보』 베이징 특파원으로 달려간 백철이 어디까지가 정치인이고 또 어디까지가 문학인인가를 판별할 그런 기준을 나는 갖고 있지 못하오. 그 때문에 나는 아직도 육당, 춘원을 문학인의 자리에 올려놓지 못했소.

2013. 3. 4.

어째서 신진 작가에겐 아비가 없는가

세 신진 작가에 부쳐

여기서 신진 작가란 2011년이나 2012년에 데뷔한 작가를 가리킴이겠다. 그야말로 새로운 표정과 목소리. 그냥 지나칠 수도 있지만 뭔가 의미를 찾고자 하는 독자도 있는 법. 내가 그런 독자의 한 사람이라면 어떠할까.

먼저 김봄 씨의 「아오리를 먹는 오후」(『문학사상』, 2013년 6월호). 아오리는 푸른 사과를 가리킴인 것. 여기 소녀가 있소. 첫 생리가 터지던 날을 묘사하고 있소이다. 어머니와 동거하고 있는 삼촌이 있소. 그렇다면 대체 아버지는 어디 있는가. 없다고 작가 김봄 씨는 거침도 없이 말해 놓았소. "없다"라고. 당초엔 있었겠지만 지금은 없다, 라? 생리를 하고 나서 겪은 모든 현상은 한갓 꿈이었으니까.

윤민우 씨의 「도시가스 City Gas」(『문학과사회』, 2013년 여름호). 오십 대 도시가스 검침원이 주인공. 그녀는 프로인지라 산전수전 다 겪은 위인입니다. 내가 이 작품에 주목하는 것은 그녀가 입고 있는 군용 파카 때문입니다. 아들은 군인, 그것도 직업군인. 그녀는 이 옷을 즐겨 입었것다. 그날도 이 옷을 입고 있었소. 그날이라니? 사월에 폭설이 내린 날이지요. 얼어 죽은 집이 즐비한 가운데 도시가스 검침을 마치고 집으로 가는 도중 그녀는 시청 일용직이 끄는 제설차에 부딪힙니다. 폭설 속에 제설차를 몰던 운전수도 속수무책. 이 운전수는 왕년에 월남에도 갔다 온, 덤프트럭을 30년간 몰던 사내.

물론 내 관심은 앞에서 누누이 말한 대로 아버지의 부재이오. 대체 아버지는 어디 갔을까. 이혼했다는 말 한마디뿐입니다. 아버지 없는 자식이 어디 있겠는가. 그럼에도 아예 없다는 투로 말해 놓았소. 이래도 되는 것인가. 실례이나 이 점이 참신하게 보이는 것은 적어도 이 나라 소설판을 엿본 독자라야 가능하지요. 이 나라 소설판은 그동안 아버지가 차지하는 비중이 너무나 컸으니까. 이에 대해 진절머리를 느낀 독자를 염두에 두어 보시라. 모든 것 위에 군림하는 아버지. 무소부지의 신과 같은 존재. 이러한 참신성에 감염된 경우도 혹시 있음에 나는 또 주목하오. 감염이라, 감염.

이신조 씨의 「다른 소년」(『현대문학』, 2013년 6월호). 여기 18세인 소년이 있소. 바야흐로 19세로, 또 곧 20세가 되겠지요. 어른이 되어야 하니까. 어른이 되기 위해 소년은 온갖 모험을 치릅니다. 인천으로 서울로 시골로 헤매기가 그것. 그 끝에 마침내 19세, 20세, 21세에 이르렀는가. 작가는 가까스로 그렇다고 주장합니다.

물론 내가 눈여겨본 것은 아버지 없음이외다. 이 소년의 아버지는 어디에 있는가. 가출했군요. 그것도 이 년째나. 어머니는 남편의 물건들을 커다란 종이상자에 인질처럼 가두었군요. 벌을 주는 셈으로. 작가 이신조 씨는 신인이 아닙니다. 1998년에 데뷔했으니까, 중견 작가. 이런 중견 작가가 아버지 부재에 닿아 있습니다. 혹시 신인급의 유혹에 감염된 것일까. 나는 이런 현상을 좋아합니다. 이 나라 소설판은 조금씩 달라져야 하는 법이니까. 중견 작가도 이런 유혹에 잠시 빠져도 좋지 않을까.

2013. 7. 22.

문우회 회원 백상용에 관하여

시인 백석(1912~?)은 천재인가. 그럴지도 모른다고 나는 생각하오. 그렇다고 해서 15세에 문단 생활을 했을까. 조기 문단 생활과 천재의 관계란 무슨 개연성이 있을까. 근자 「시인 백석이 15세에 문단 활동? 필명 기고 미발굴 원고 발견」(『동아일보』, 2013.9.25)에서 발견자는 여사여사한 이유를 세 가지나 들었고 또 반대 측도 세 가지나 들었소. 나는 어느 쪽이 옳다거나 그르다는 것을 따지고 싶지는 않소. 다만 내가 아는 몇 가지 사실을 적고자 할 뿐이오.

백석의 시가 실린 곳은 경성제대(1924년 예과, 1926년 본과 개교) 예과 동인지이오. 경성제대 예과는 문과와 이과로 되어 있고, 1926년 입학자를 예로 들면, 전자에 조선인은 36명, 후자엔 24명으로 전체(166명) 가운데 36%에 지나지 않았소. 나머지는 일본인. 이때 이과라 하나 의과뿐이었소. 예과가 개설되었을 때 오다(小田) 초대 예과부장은 조선인을 '국어를 상용하지 않는 사람', 일본인을 '국어를 상용하는 사람'이라 했다 하오. 학생 간의 마찰을 염두에 둔 것이라 하오. 조선인들은 '문우회'(文友

會)를 조직했소. 글로써 벗을 모은다는 것. 당연히도 예과 교지 『청량淸涼』은 일어로만 된 것. 조선인 학생들은 『문우』에도 『청량』에도 적극적으로 활동했소. 그 중에서도 유진오, 이효석 등이 돋보이오. 이른바 이중어 글쓰기의 실험장이었던 것.

『문우』 제4호(1927.2)에 백석의 글이 있소. 이 백석은 과연 누구인가. 편자(이강국)의 후기에 의하면 『문우』 회원은 예과생에 국한되었음을 알 수 있소. 외부인이 끼어들 여지가 없는 것. 좌우간 여기에 실린 글의 제목은 「사랑이 어떻더냐」이오. 우조, 계면조 등으로 구성된 우리나라 역대 시조를 무려 30편이나 펼쳐 놓았소. 서설 격으로 "왕승농상은 서구의 엽자어니와 주색재기는 동아의 골패의 근류를 이루고 있다"라고 하고 이들은 같은 맥락에 있다는 것, 곧 노랫가락이라는 것, 이게 문학이라는 것, 이것을 시대에 따라 하겠다는 것(효종대왕의 것, 정포은 것 등등)을 밝혔소.

『문우』 제5호(1927.11)에 「회칙」이 실려 있소. "본회는 본교생도 중 본회의 목적에 찬성하는 자로 조직함"이라 했소. 또 한 학기마다 1원을 회비로 내야 한다는 것. 그러니까 '지인이나 선배의 추천 또는 백석의 우편투고의 가능성'은 없는 것. 만일 그런 것이 있었다면 분명히 그것을 밝혔을 터이니까. 그렇다면 문제는 무엇인가. 백석이란 아호를 사용할 가능성이 있는 자를 찾을 수밖에.

제5호에 실린 회원 명부에 따르면 회원은 총 104명. 이중 백 씨 성을 가진 사람은 한 사람뿐. 백상용(白常鏞), 주소는 전북 진안군 진안면 군상리 922번지. 1927년도 이과 조선인 입학생 22명의 한 사람으로 배재고보를 나왔고, 의과 제5회로 내과를 전공, 훗날 전북대 교수를 한 바 있는 것으로 되어 있소이다. 또 학적부에는 승택(昇澤)이라는 이름을 사용했소.

알려진 바로는 백기행이 백석이란 이름으로 우리 문단에 등장한 것은 「정주성」(『조선일보』, 1935.8.13)이 처음이외다. 평북 정주 출신인 그의 나이 23세 적이외다.

2013. 11. 11.

세계를 업고 다니는 대리운전사

천주교 전설 속 크리스토포루스의 얘기. 가나안 출신의 거인 레프로부스는 힘센 사람을 섬기기 위해 순서대로 왕과 악마를 찾아갔고, 악마가 왕의 십자가를 두려워함을 보고 왕을 섬기기로 했다 하오. 그때 한 은둔자 왈, 가난한 자들을 섬기는 일이 곧 그리스도를 섬기는 일이다. 이 말을 듣고 레프로부스는 돈이 없어 강을 건너지 못하는 사람들을 어깨에 태워 옮겨 주는 일을 시작했소. 그러던 어느 날 어떤 아이가 찾아왔고 당연히도 그 아이를 어깨에 메고 강으로 들어갔소. 그런데 건너는 동안 아이가 점점 무거워지기 시작했다 하오. 바위처럼, 그 다음엔 산, 대륙, 또 지구처럼, 그리고 이 세계 전부인 것처럼. 레프로부스는 반대편 강기슭으로 지팡이를 뻗어 겨우 지탱할 수 있었다 하오. 그러자 그 아이가 말했소. "너는 지금 전 세계를 옮기고 있다. 내가 바로 네가 그토록 찾던 왕 예수 그리스도이다."

로마시대에 형성된 가톨릭 전설을 이 나라 문학판으로 끌고 들어온 것은 구상의 「그리스도 폴의 강」(1984)이오. 가톨릭 신자인 이 시인은 응당 자신의 지식과 신앙고백을 함께 말하고자 했지 않았을까요. 그렇지만 이 고백은 가톨릭의 것.

그렇다면 김연수의 「파주로」(『21세기문학』, 2013년 여름호)는 무엇이며 또 누구의 것인가. 작가는 모친의 전갈로 마지못해, 죽은 신부(神父)의 영안실을 찾아갔소. 그도 소싯적엔 성당에 나갔지만 대학 졸업 후 신앙엔 냉담해진 대신 소설 쓰기에 전력을 다했소. 거기서 대학 1년 선배 조용식을 만났소. 파주에 살고 있고 13세의 딸 애라와 함께 왔던 것. 이제 상경할 차례. 밤이었소. 지금 그들은 파주로 가고 있소. 죽은 신부의 촉망을 받은 조용식은 신학교를 포기하고 여사여사하여 오늘에 이르렀다 하오.

> 내가 지금 몇 년째 대리운전을 하고 있거든. 사실 신부님 돌아가셨다는 연락도 나는 못 받았어. 새벽 편의점 파라솔에 앉아서 신문을 읽다가, 『한겨레』의 부고를 읽다가 돌아가신 것을 알았지. 보통 때는 애라 혼자 집에 있는데 이런 날까지 혼자 있으라 하기가 뭣해서 재도 데리고 온 거고.

작가는 뭐라 말하고 싶었으나 잘 되지 않았다 하오. 조용식이 잠들어 버렸으니까. 깨어 있는 것은 작가와 조애라. 단둘이서 시방 이런저런 얘기를 나누오. 『안네 프랑크의 일기』를 아느냐. 모른다고 하자 그 내용을 들려주며 파주로 가고 있습니다. 조용식의 직업은 대리운전이었소. 취객을 실어 나르는 직업. 그는 매일 취객을 실어 강을 건너고 있었소. 그 취객들이 모두 세계 자체가 아니었던가. 그는 세계를 업고 강을 건너고 있었던 것.

그렇다면 시방 파주로 차를 몰고 가고 있는 작가인 '나'는 무엇일까.

두 개의 세계를 등에 업고 강 건너는 거인 크리스토포루스가 아니고 새삼 무엇일까. 작가란 거창하게 말해 세계를 어깨에 태워 옮겨 주는 그런 존재가 아니고 무엇일까. 크리스토포루스의 전설은 원칙적으로 가톨릭의 것. 그것은 종교인 것. 그렇다면 「파주로」는 무엇인가. 종교도 그 무엇도 아닌 것. 소설 쓰기인 것. 바로 이것만이 작가 김연수의 것이 아니겠는가.

2014. 1. 6.

작품과 작가의 생활

「고린도후서」 5장과 관련하여

앞이 캄캄해지면, 무신론자인 나는 성경이나 금강경에 눈을 돌리곤 하오. 열두 제자 중 하나인 도마는 예수가 부활해 왔을 때 함께 있지 않아 그 사실을 알지 못했다 하오. 다시 제자들 앞에 나타난 예수께서 이르시되, 네 손가락을 내밀어 내 옆구리에 넣어 보라, 믿음 없는 자가 되지 말라. 도마는 가로되, 내 주이시며 나의 하나님이십니다(「요한복음」 20:27~28). 나는 이 대목을 대할 적마다 충격을 금하기 어려웠소. 도마가 바로 나인 듯하다는 뜻이 결코 아니외다. 보지 않고도 믿는다는 것은 바로 신앙의 힘이 아니겠습니까. 그런 신앙이 내겐 없었던 것이오.

금강경의 말씀은 '응무소주 이생기심'(應無所住 而生其心)이라 하셨소. 어떤 집착을 깡그리 버릴 때 나오는 마음. 나는 여기서 말하는 집착을 버릴 수 없었소. 그 집착으로 몸과 마음이 닳아 비틀어졌을 뿐이외다.

성경에는 또 이런 대목도 들어 있소이다. 헤롯당이 예수를 궁지에 몰아넣기 위해 물었것다. 가이사에 세금을 내야 합니까, 안 내야 합니까. 예수께서 가라사대, 화폐를 보이라고 했것다. 거기에는 누구의 초상, 누구의 기호가 있는가. 가이사입니다 하자, 예수께서 말씀하셨다. 가이사의 것은 가이사에, 신의 것은 신에게 바쳐라.

전도하다 순교한 그 도마. 이집트의 시골에서 한 농부에 의해 발견된 필사본은 이단으로 알려져 근자에야 판독되었다 하오. 이를 「도마복음」이라 한다고 하오. 4복음서와 겹치는 쪽이 많아 시비가 잇따른다 하오. 그 중 백번째. 예수가 사람들에게 말했다. 가이사 것은 가이사에게, 신의 것은 신에게 바치시오. 그리하여 내 것은 내게 바치시오, 라고. '나의 것은 내게'라 했것다. 신 곧 나이니까 같은 것으로 볼 수 있지 않겠느냐고 말하기 쉽지만 꼭 그렇지만은 않은 듯하오. 이른바 삼위일체론 자체도 쟁점 많은 사항이니까요.

무신론자인 고바야시 히데오(小林秀雄, 1902~1983)는 고명한 논저 『도스토옙스키의 생활ドストエフスキイの生活』(1935)에서 그 마무리를 이렇게 적었소.

> 나의 전기 작가로서의 구도는 그의 죽음과 함께 끝나지 않으면 안 된다. 아마도 그의 사상에 대해서는, 아니 나아가 그를 소생시키고자 노력하는 나의 사상에 있어서 우연한 그의 죽음이라는 한 사건과 함께. 지금은 '불안한 앞을 내다볼 수 없는 그의 작품'에 나아갈 때다. 만년의 그의 생활은 보는 바와 같이 평정한 것이었으나 그의 정신의 폭풍은 황량하다. 그가 바울의 말을 몰랐을 리가 없다.

나는 이 대목에 실로 난감했소. 바울의 말을 다 읽어 볼 수밖에. 「고린도후서」 제5장에 있었소. "우리가 만일 미쳤어도 하나님을 위한 것이

비평의 새로운 분야 개척을 시도한
일본 근대 비평가 고바야시 히데오

요, 만일 정신이 온전하여도 너희를 위한 것이니." 고바야시는 그 뒤에 도스토옙스키의 작품 속으로 들어갔소. 『죄와 벌』(1866), 『악령』(1871) 등등. 그럴 적마다 고바야시는 마음 어지러워 미쳐 갔소. 미완으로 끝날 수밖에. 작품이란 작가의 몫이 아니라 신의 몫이라는 것. 작가는 죽어도 작품은 영원한 것. 작가의 전기란 실로 마음이 평온한 것. 그의 죽음으로 끝나는 것이니까.

2014. 2. 3.

제3부

아직도 월평을 쓰고 있는가

3·15를 아시는가

4·19의 모체론

4·19란 교과서적으로는 ①대구의 2·28 ②마산의 3·15 ③고려대의 4·18 ④전국적 4·19 ⑤4·26 이승만 대통령 하야 등의 총칭이오. 4·19가 혁명이되 아주 특이한 혁명임을 가리킴이오. 위로부터의 혁명도 아니지만, 그렇다고 아래로부터의 혁명도 아닌 것. 이는 그 주체세력 부재에 알게 모르게 관련되오.

잠깐, 학생이 그 주체임은 천하가 아는 사실이 아니겠소. 바로 그 때문에 4·19의 주체세력은 순진무구함을 가리킴이오. 시인은 이 사실을 직감했소. "하…… 그림자가 없다!"(김수영, 1960)라고. 하늘에 그림자가 없듯이 민주주의의 싸움에도 그림자가 없다는 것. 주인 없는 혁명이기에 그만큼 숭고한 것. 바로 그 때문에 4·19는, 가까스로 해를 넘기자 도적 맞을 수밖에요. 5·16 군사혁명이 그것.

이 강력한 군부 아래 4·19는 어찌해야 했을까. '의거'로 주저앉을 수밖에. 이 물음은 5·16의 힘에 비례하여 증대되는 것. 그러기에 거기에다 삿대질할 수밖에. 삿대질하기의 힘은 어디서 나올 수 있는가. 바로 여기에 4·19의 구심체가 요망되었소. 그 중심체는 어디서 찾아야 했을까. 여기에 응해 오는 것이 3·15이오. 총알이 눈에 박힌 김주열 군의 시체가 바다에서 솟아오른 마산의 3·15 말이외다.

> 보기 위한 동공 대신 / 생각키 위한 슬기로운 두뇌 대신 / 포탄이 들어박힌 중량을 아시는가? / 비인간과 organism이 빚은 / 이위일체(二位一體)의 / 이 기괴한 신(神)
>
> — 유치환, 「안공에 포탄을 꽂은 꽃—김주열 군의 주검에」, 1960

마산은 이 기괴한 신을 저마다의 가슴에 새겨 넣었소. 부마항쟁(1979)을 아시는가. 이미 그땐 거리에 3·15탑이 우뚝 세워졌소. 마산시청 행정기구에 3·15과(課)까지도. 이 도시의 자존심의 근거가 이보다 절실할 수 있었겠는가. 4·19를 읊은 163명 시인의 시 210편을 실은 시집 『너는 보았는가 뿌린 핏방울을』(2001)의 간행이, 3·15공원의 탄생이 어찌 우연이랴. 마침내 3·15 국가기념일 제정(2009년)에 이르게 되었소.

그대 혹시 「가고파」(이은상, 1932)의 고장에 들리시려는가. 맨 먼저 혹은 맨 나중엔 국립 3·15민주묘지에 가 보시라. 3·15의 시가 있는 길 말이외다. 그렇다면 금년 3월 15일이 적당하오. 50주년을 맞아 열 편의 시비 제막식이 열리니까. 이곳에서 낳고 살다 죽은 시인 이선관(1942~2005)의 목소리에 잠시 발을 멈추어 보시오. 자기가 사는 곳이 곧 세계의 중심이니까. 이 사실을 일깨움이 시의 소명인 것을.

> 한번 의미를 찾았고 / 다시 의미를 찾았고 / 또다시 의미를 찾으려

는/이 고장의 자랑스러운 창동 네거리에서/시외 주차장으로 건노라 면/우뚝 멈춰지는 발걸음/여기가 구암동 애기봉 중턱/아직도 두 눈 부릅뜨고 누워 있는/아, 1960년 3월 15일 그날/죽어도 살아 있음이여/[……]/마산의 열두 제자가 있는 한/이 땅의 변방이 아니라는 걸 알고 만다.

—이선관, 「역시 마산은 이 땅의 변방이 아니라는」, 1987

2010. 3. 5.

놀면서 배우는 곳, 수유너머에 가다

호랑이해 벽두, 남산 밑 수유너머에 불려 갔소. 이유는 하나. 「신바람 일으키는 벽초의 분신들」(『한겨레신문』, 2009.11.5) 때문. 벽초에 대해 그대가 제법 아는 척 했것다. 멍석을 깔아 줄 테니 다시 한 번 펼쳐 보라는 것. 망설일 수밖에. 조금 공부한 것이란 벽초도 육당도 아닌 춘원 쪽이니까. 육당의 소개로 벽초와 사귀게 된 춘원이고 보면, 그리고 조선 삼대 천재 중 막내 격인 춘원이 벽초를 종내 우러러본 것으로도 멍석이 요망되니 지레 겁먹지 말라고 하지 않겠소.

납치 도중 중병에 걸린 춘원이 옛 친우 벽초(노동당 군사위원)에게 구원을 청했것다. 벽초가 즉각 그를 입원시켜 돌봤다는 것. 춘원의 사망 날짜가 1950년 10월 25일이라는 것. 당초 평양시 입석 구역 원신리에 안장됐고 오늘날엔 평양 룡성 구역 용궁 1동 월북인사 묘역에 이장됐다는 것 등등에서도 벽초의 보이지 않는 숨결이 작용되었는지도 모르니까. 요컨대 춘원을 논의하자 육당을 떠날 수 없고, 동시에 벽초를 제쳐 둘 수 없다는 것. 무엇보다 중요한 것은 이들 조선의 삼대 천재가 철날 무렵 국권

상실기를 맞았고, 함께 제국의 수도에서 제국의 언어로 된 문명을 배웠음이오.

귀국한 삼총사의 행보는 어떠했던가. 이에 대한 평가는 훗날의 역사 쪽이 맡을 몫이오. 역사란 엄정한 것. 긴 시간의 검토와 인내가 요망되는 곳. 문학 쪽은 어떠할까. 학자라고는 하나, 중인 출신의 육당은 『태백산시집』(1911)의 시인이었고, 사상가이자 진짜 양반 출신인 벽초는 『임꺽정』(1928~1939)의 작가이며, 동우회 운동가인 평민 출신 춘원은 문학을 한갓 여기(余技)로 여기면서도 『무정』(1917), 『원효대사』(1943)의 소설가였소. 문학으로 엮일 만하지 않겠는가.

이 물음에는 다음 세 가지 위상이 전제되오. 당대의 평가가 그 하나라면 둘째는 시대적 평가, 또 다른 하나는 독자 개인의 잣대이오. 가령 『임꺽정』을 두고 '조선적 정조의 발현'이라 한 것이 당대의 평가라면, '통일시대를 여는 작품'이라 한 것은 현대적 평가에 가깝다고 볼 것이오. 그렇다면 개개인 독자의 평가는 어떠할까.

여기는 무비사(武備司). 왜구가 쳐들어와 군사 모집하는 장면. 군에 자진 입대하고자 나아간 임꺽정. 대화 장면.

> "너 어디 사느냐?" "양주 읍에 삽니다." "나이는 몇 살이냐?" "서른다섯 살입니다." "부모와 처자는 있느냐?" "아버지가 있고 처자도 있습니다." "네 집에서는 농사하느냐?" "아닙니다. 아무것도 안 하고 놉니다." "아무것도 아니 하고 놀아? 네 아비는 무엇하는 사람이냐?" "소백정입니다."

이봉학은 대번에 합격했는데 꺽정은 여지없이 낙방. 왜? 두말하면

군소리. 천민이니까. 천민이란 국방 위급상황에도 끼어들 수 없다는 것. 이 장면에서 그런 대단한 신분 문제와는 관련없이 눈에 확 띄는 장면이 있다면 어떠할까. 고압의 전류가 불꽃을 일으킨 장면, 그것은 바로 "아무것도 안 하고 논다"는 것. 아무것도 안 하고 놀면서도 살아갈 수 있다는 것. 이것만큼 천하에 놀랄 일이 따로 있으랴. 일찍이 『악령』(1872)의 작가 도스토옙스키가 스타브로긴의 입을 빌려 외친, 인류의 위대한 망상, 저 황당무계한 꿈이 바로 이것이 아니었겠는가. 곧 수유너머의 여제(女帝)의 주장이오.

2010. 5. 7.

인문학의 깊이

나카노 시게하루와 김두용

재일교포라면 문학에 문외한이라도 「비 내리는 시나가와 역雨の降る品川駅」(1929)을 알고 있을 법하오. 일본 프롤레타리아 시인 나카노 시게하루(中野重治, 1902~1979)의 이 작품이 어째서 그토록 감동적이었을까. 노동에 종사하던 조선인이 모종의 사건으로 일본에서 쫓기어 고국으로 가는 장면을 노래한 것.

"신(辛)이여 잘 가거라 / 김(金)이여 잘 가거라 / 그대들은 비오는 시나가와 역에서 차에 오르는구나"로 시작되는 이 시는 조선인 노동자에 대한 안타까움이 분노를 동반하여 넘쳐흐르오. 언젠가 그대들은 다시 현해탄을 건너와 그대들을 쫓아낸 그 'XX'에 복수하라는 것. 'XX'로 된 부분이 바로 천황을 가리킴인 것. 「우산 받은 요코하마의 부두」(1929)로 임화가 화답한 것은 이미 문학적인 사실.

나카노의 시가 지닌 결정적인 곳은 조선노동자를 두고 "일본 프롤레타리아의 앞잡이요 뒷군"이라 한 대목. 이것은 민족 차별이 아닐 수 없다는 것. 이 비판 앞에 정작 시인은 생전에 솔직히 그렇다고 승인했소. 무의식의 발로였다는 것. 이는 계급과 민족의 관계가 깊은 수준에서 검토된 사례라 할 만하오. 인문학이 이런 깊이에까지 닿아야 비로소 그 몫이 살아나는 법. 그렇다면 다음과 같은 사례는 또 어떠할까.

나카노는 30년대 초 당으로부터 전향했지만 종전 후엔 복당되어 참의원까지 지냈소. 맥아더 사령부가 조선에 기관차를 몇 대 보내라고 일본 정부에 요구했을 때 나카노는 당 기관지 『아카하타赤旗』에 글 한 편을 썼소. 수필 「기관차 문제きくわん車の問題」(1946.3.11)가 그것.

현재 일본 국민생활에 제일 필요한 것이 기관차라는 것. 그것도 성능이 좋은 것이어야 한다는 것. 그렇다면 조선엔 낡아 빠진 기관차를 보내야 할까. 노오! 라고 그는 힘차게 말했소. 가장 성능 좋은 기관차를, 그것도 많이 조선에 보내야 한다고. 그렇게 하기 위해서 천황 일족이 타는 궁정 기관차를 보내야 한다는 것. 자기의 이런 제안에 일본 국철 노동자의 응답도, 조선 형제들의 목소리도 듣고 싶다 라고.

이러한 제안 역시 민족 차별이 아니었을까. 『창씨개명創氏改名』(2008)의 저자이자 정작 「비 내리는 시나가와 역」의 조선어역을 찾아낸 미즈노 나오키(水野直樹, 교토대 인문과학연구소) 교수도 그렇게 의심하는 인문학자의 한 사람이오. 미즈노 씨는 나카노와 도쿄제대 선후배 관계인 조선인 김두용의 글 「기관차를 받았다」를 찾아내었소. 일본 공산당원이자 재일교포인 김두용은 나카노의 글을 읽고 유쾌했다는 전제하에서 이렇게 적었소. "그 기관차에 우리의 거룩한 희생자의 영령들을 태우고, 우리도 타고, 또 우리들 일반인민도 타서 조선에 간다면 더욱 좋다. 그러나 현재 심각한 교통지옥에 고생하고 있는 일본의 인민대중을 위해 사용하는 것이 제일 적당한 방법이리라"(『아카하타』, 1946.4.2)라고.

식민지 지배에 대한 배상으로 천황 일족이 타는 기관차를 준다면 받겠으나 역시 궁정기관차는 일본인민을 위해 사용되어야 한다는 것. 이는 물론 일본 공산당원으로 있는 재일조선인의 결의이겠으나, 그 심층에는 민족 차별에 대한 모종의 비판이 깔려 있지 않았을까. 누구보다 나카노의 과거를 잘 알고 있는 김두용임을 염두에 둘 때 특히 그러하오.

나카노, 그는 또 다시 무의식 속에서 민족 차별을 내보인 게 아닐까. 그렇게 김두용이 무의식 속에서 뇌고 있을지 모른다고 미즈노 교수가 이쪽을 향해 조용히 묻고 있었소. 인문학의 깊이 그것 말이외다.

2010. 9. 18.

어떤 지한파 서생의 죽음

다나카 아키라와 천관우

동선하로(冬扇夏爐)란 말이 있소. 겨울엔 부채, 여름엔 화로라는 뜻. 도무지 시절에 맞지 않는 말이나 행동을 빗대어 쓰는 말. '동선'이나 '하로', 어느 한쪽만 떼어 사용해도 마찬가지. 이 중 앞의 것에 승부를 걸고자 마음먹은 이가 있었소. 이름은 다나카 아키라(田中明). 방 입구에 걸어 둘 현판으로 사용하기 위해 씨는, 언론인이자 고명한 사학자인 천관우 씨를 찾아가 휘호를 부탁했다 하오. 파안대소한 천 씨는 '동선방'(冬扇房)이란 휘호를 보내 주었다 하오. 임술년추(壬戌年秋)라 했으니까 1982년이겠소. 이 휘호가 끝내 그의 방문 앞에 걸리지 못했는바 두 가지 이유 때문. 하나는 그림이나 글씨란 있을 자리에 있어야 한다는 믿음 때문. 다른 하나는 지난해 세밑, 씨가 타계했기 때문. 향년 84세.

의사인 아비를 따라 한국에 온 소년은 용산중학을 거쳐 대학 문과를 나와 유력한 신문사 기자로, 또 만년에는 한국 문제 전문지의 칼럼니스트로 활약했소. 『서울 실감록ソウル実感録』(1975)을 비롯, 『한국의 민족의식과 전통韓国の民族意識と伝統』(2003) 등 저술도 여럿 있소.

하버드 옌칭 장학금으로 연구차 일본에 간 젊은 조교수인 나를 초청한 곳이 있었소. '조선 문학의 모임'. 이 모임의 의의는 각별했는데, 순수한 일본인들이 모여서 한국 문학을 공부하는 모임의 첫 결실이 『조선 문학—소개와 연구』 창간호(1970.12)이오. 어떤 연유에서인지 알기 어려우나 이 모임은 몇 년 못 가 해산되었는데, 짐작건대 연구진의 규모 성장으로 인한 자연스런 확산 작용이 아니었을까.

세대 감각이라는 말이 있거니와 지배자인 일본인으로 서울에서 공부한 씨의 기묘한 체험이란 이 자의식에서 한 번도 자유로울 수 없었던 것으로 추측되오. 한국의 약점만을 지속적으로 가파르게 비판함으로써 삶의 에너지를 얻어 내는 씨의 방식을 옆에서 지켜보고 있노라면, 문득 저 루쉰을 떠올릴 법하오. 중국을 혹독히 비판하는 외국인은 신뢰할 만하다는 것. 적어도 그런 부류는 중국에 야심이 없기 때문이라고.

물론 씨의 경우는 루쉰과는 다르오. 씨의 무의식 속에선 한국은 외국이 아니었을 터. 그렇지 않고는 저렇듯 집중적으로 또 지속적으로 비판할 이치가 없소. 심지어 『토지』(박경리, 1969~1994)의 작가를 향해서도 씨는 논쟁을 걸어 마지않았소(『신동아』, 1990.8.9). 한국이란, 씨에게는 언제나 한일 관계의 틀이며, 또 그것은 한결같이 비판의 대상이었는데, 이 집중성, 지속성의 근원이 애증의 콤플렉스에 있지 않았을까. 참으로 딱한 것은 세상이 이런 사실을 알고 있는데 본인만 모르는 것처럼 보였음이오.

씨는 아마도 우리의 판단에 펄쩍 뛸 것에 틀림없소. "나만이 모른다고? 어림도 없는 일. 그대들은 내 마지막 저서, 동선방 독어(獨語)인 『멀어져 가는 한국遠ざかる韓国』(2010)을 읽어 보았는가. 내 일생을 이끌어 온

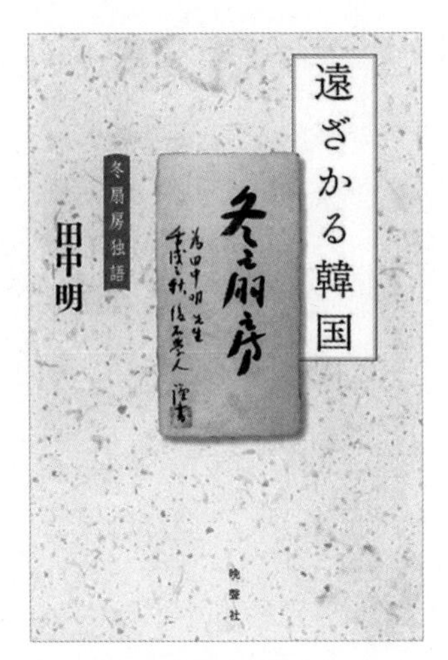

다나카 아키라의 『멀어져 가는 한국』

글쓰기의 키워드가 거기 들어 있다. 바로 두 글자 '서생'(書生), 곧 유학을 공부하는 사람. 젊었어도 늙었어도 '서생'은 서생일 수밖에"라고. 삼가 명복을.

2011. 3. 19.

서당개 삼 년의 변

'수월관음'을 향해 짖다

서당개도 자주 국립중앙박물관에 가오. 가끔 헷갈릴 적이 있소. 우리 것이되 우리 것 아닌 특별전 탓이외다. '영원한 생명의 울림—통일신라 조각'(2008.12~2009.3)이 그 하나. 무수한 불상 중 보살상 하나에 서당개가 멈춰 섰소. 몸을 살짝 비튼 보살상(금동, 15cm)이 아니겠는가. 저 요염한 보살상이란 대체 무엇인가. 더욱 헷갈리는 것은 그 소유주가 일본인 오쿠라(小倉)로 되어 있음이오. 헤겔 왈, 절대정신의 3형태 중 미(美)가 제일 저질이며 그 중간에 종교가 있고, 최고위에 철학이 있다 했것다. 종교가 미학으로 내려앉는 장면.

'고려불화대전'(2010.10~11). 우리 것이되 우리 것 아님에는 조금 익숙해졌지만 이번에 부딪힌 것은 전시의 하이라이트인 수월관음도. 그 중에서도 물방울 속의 관음도(센소사淺草寺 소장)와 수월관음(단잔신사談山神寺 소장). 앞의 것은 작가도 분명하지만 기이하게도 물방울 속에 들어 있는 관음상이었소. 뒤의 것은 서당개 안목에서도 전시회 전체를 압도하고도 남는 것.

거대한 관음이 물가 바위에 걸터앉아 맨발을 드러내고 왼편으로 아주 산호초만 한 크기의 아이를 내려다보고 있소. 정병이나 버드나무는 어느 곳에도 없소. 해설에 따르면 이 아이가 바로 선재동자라는 것. 서당개의 헷갈림은 어디서 왔던가. 수월(水月)에서 왔소. 한결같이 수월관음이라 했으니까. 그렇다면 달은 어디에 있을까. 달도 없는데 어째서 수월이라 했을까. 귀가해서 화엄경 입법계품을 뒤졌으나 선재동자가 관음을 만나는 장면에서 수월이란 말은 그림자도 없었소. 법화경의 경우도 사정은 같았소. 『도해 불상의 모든 것圖解佛像のすべて』(1998) 속엔 33관음 속에 수월상이 있다고는 하나 자세에 대한 설명뿐.

주인에게 물어보면 알 수 있는 것이지만 서당개는 그다운 고집과 방도가 따로 있는 법. 스스로 보고 듣고 깨칠 수밖에. 그런 계기가 찾아왔소. '실크로드와 둔황—혜초와 함께하는 서역기행'(2010.12~2011.4)이 그것. 한때 주인을 따라 이 서당개도 가 본 둔황. 『왕오천축국전』 때문이었을까. 이 또한 우리 것이지만 우리 것이 아닌 것. 사람들이 펼쳐진 종이 앞에 묵묵히 서 있었소. 문자를 모르는 서당개인지라, 슬그머니 물러설 수밖에.

이 서당개의 발목을 잡은 것은 따로 있었소. 기행문과 벽을 마주한 굽도리에 가까스로 걸려 있는 큰 그림 한 폭. 유림굴(楡林窟, 13~14세기, 막고굴 동쪽 100km 소재) 제2굴 서벽 남측에 있는 것의 모사품. 왈, 수월관음도(147.9×146.4). 이 서당개 발걸음을 뗄 수 없었소. 진짜 수월관음도였으니까. 머리에 화관을 쓰고, 왼손은 무릎 위에, 오른손은 가슴 앞에 살짝 올려놓았고, 고개를 약간 들어 왼쪽에 있는 그믐달을 보고 있지 않겠소. 전체적으로 달빛이 비치는 공안에 위치해 있으며 뒤에는 산, 앞에

수월관음도(모사). 하늘을 나는 선인과 오른쪽 아래의 삼장법사,
그리고 그 제자 손오공이 함께 불공을 드리고 있다.

는 물, 그리고 그림 한가운데 버들가지와 정병이 놓여 있지 않겠소. 서당개, 비로소 눈이 번쩍일 수밖에. 달이 거기 있었다! 그것도 그믐달. 관음은 정히 이 달을 그윽이 주시하고 계셨소. 대체 수월관음이라 하지 않고 달리 무엇이라 하랴.

2011. 4. 23.

다마레엔의 무궁화

사토 기요시 교수의 무덤을 찾아서

일본 열도가 폭염으로 달아오른 2010년 7월 19일. 후추(府中) 시 소재 다마레엔(多磨霊園)을 찾아갔소. 1923년에 개설된, 공원 풍경을 도입한 대규모 묘지. 조선총독과 수상을 지낸 사이토 마코토(齋藤実), 러일전쟁의 영웅 도고 헤이하치로(東郷平八郎), 태평양 전쟁의 야마모토 이소로쿠(山本五十六) 등을 위시, 헌법학자 미노베 다쓰키치(美濃部達吉), 노벨물리학 수상자인 도모나가 신이치로(朝永振一郎), 문인 아리시마 다케오(有島武郎), 기쿠치 히로시(菊地寛), 기타하라 하쿠슈(北原白秋), 마사무네 하쿠초(正宗白鳥) 등 150명의 명사 명단 속에는 내가 찾는 인물, 사토 기요시(佐藤清, 1885~1960)는 들어 있지 않았소.

그도 그럴 것이 그가 일급 시인이라고는 하나 최고급에 들지 않았고, 일급 영문학자이긴 하나 그 역시 좌장급은 못 되었고, 교수이긴 했으나 식민지에 두번째로 세워진 경성제대 교수에 지나지 않았소. 그럼에도 내가 그를 찾아간 이유엔 설명이 없을 수 없는데, 그것은 길다면 길고 또 짧다면 짧소. 긴 애기부터 조금 말하고 싶소.

두 번씩이나 영국 유학을 한 바 있고 독실한 침례교 신자이자 시인인 그가 개교와 더불어 부임하자마자, 맨 먼저 「경성의 비雨」(1927)를 읊었소.

> 비는 한국인의 저주보다 격렬하게 쉼도 없이 내리도다. 뱀처럼 대가리를 드는 정복자의 검은 의식에 / 얼굴을 돌리며 유리문에 미친 듯 불어제끼는 비를 보도다 / [……] / 뇌신경을 깨부수는 두려움 앞에 / 머리를 드리우고 깊이 생각해도 누구에게 용서를 빌어야 좋단 말인가 / 비여, 언제까지 내릴 것인가. 나는 울고 싶다.

이러한 자의식을 안고, 조선의 밤하늘, 땡볕의 황토, 목을 조르는 듯한 겨울을 읊었고, 또 혜자, 담징 등 고대 한일 문화 교류의 서사시도, 또 학도 출진도 읊었소. 강의실에서는 최고 수준의 키츠와 엘리엇을 가르쳤소. 정년을 맞아 귀국한 것은 제국의 수도가 폭격으로 타오르는 1945년 3월이었소.

여기까지가 긴 얘기이오. 짧은 얘기는 무엇일까. 그것은 대체 그가 교수로 있으면서 무엇을 가르쳤고, 또 느꼈을까이오. 그는 「경성제대 문과의 전통과 학풍京城帝大文科伝統と学風」(1959)에서 이렇게 회고했소. "20년간 조선인 학생과 교제하는 동안, 얼마나 그들이 민족의 해방과 자유를 외국문학 연구에서 찾고자 하고 있었던가를 알고 충격을 받지 않을 수 없었다"라고. 외국문학 연구란, 조선인 학생에겐 학문이기에 앞서 '민족의 해방과 자유'의 열망이었던 것. 이것이 진실로 보이는 것은 사토 기요시라는 인간의 실감이기 때문.

2010년 사토 기요시 교수의 묘역 앞에서

경성제국대학은 물론 외국문학과도 무관한 내가 굳이 이 염천에 그의 무덤에까지 찾아간 이유를 잘 설명할 수 없소. 졸저 『최재서의 『국민문학』과 사토 기요시 교수』(2009) 때문이었다면 그런 것은 한갓 핑계에 지나지 않는 것. 다만 나는 문학을 통해 내 자신의 '해방과 자유'를 찾고 싶었던 것. 그런 내 자신이 문득 부끄러웠소. 사토 기요시 교수의 무덤에 피어 있는 무궁화 한 그루가 나를 직시하고 있었기 때문이오.

2011. 8. 20.

서울에 온 세잔이
만나고 싶은 사람들

「카드놀이하는 사람들」이 종교화인 곡절

폴 세잔(Paul Cézanne, 1839~1906)이 서울에 왔다 하오('고흐의 별밤과 화가들의 꿈', 예술의전당 한가람미술관, 2011.6~9). 오르세미술관의 세잔이 뭣하러 서울까지 왔을까. 이 물음에는 두 가지 뜻이 들어 있소. 세잔이 꼭 만나야 할 사람이 이 나라에 있기 때문이고, 동시에 세잔을 꼭 만나야 할 사람이 여기 또 있기 때문. 세잔이 만나고자 한 사람은 시인 김종삼. 일찍이 그는 세자르 프랑크가 살던 사원 주변에, 또 말라르메의 본가에도 머물며 곰방대를 훔쳤고 고흐가 다니던 길바닥에도 머물렀으며, 또 사르트르가 사장으로 있는 연탄 공장 직공 노릇하다 파면당한 바 있소(「앙포르멜」, 1969). 이만하면 세잔도 만나고 싶지 않을까.

놀라워라. 전시관 입구엔 고흐가 문지기 노릇을 하고 있지 않겠소. 「아를의 별이 빛나는 밤」(1853)이 전체를 압도하고 있는 형국. 세잔이 거기 있었음이란 무엇이뇨. 「카드놀이하는 사람들」(1890)이 그것. 세잔이 김종삼을 마주하는 장면을 침을 삼키며 지켜볼 수밖에요. 서로 마주 앉아 카드를 조용히 책상 위에 놓고 있소. 그것은 커다란 사원(寺院)의 오

폴 세잔의 「카드놀이하는 사람들」(1890, 오르세미술관 소장).
'카드놀이'를 주제로 한 세잔의 작품 중 가장 마지막 작품이다.

르간 건반 위에 타고 있소. 두 사람은 카드 게임을 하고 있지만 실은 이 오르간 화음을 듣고 있소.

그들은 농부인 듯하오. 내일이면 밭에 나가겠지요. 농부이지만 내일이면 밭에 나갈 것을 잊고 느긋하게 영원히 끝나지 않는 승부에 나아가고 있소. 다만 침묵뿐. 그들은 그림 속의 인물이 되어 비로소 본성을 찾았소. 함에도 그들은 이 사실을 모르는 표정이외다. 이는 대상을 모르는 신앙의 모습이 아닐까. 어떤 종파에도 속하지 않는 종교화라 본 미학자도 있을 정도. 그렇다면 그 오르간이란 누가 타는 것일까. 세자르 프랑크가 밤낮 사원에서 타는 오르간이 아니고 새삼 무엇이었을까. 김종삼이 그 사원 주변에 머물며 듣던 그 오르간 소리.

나는 이 종교화를 보고 싶었소. 김종삼과 세잔이 만나는 장면 말이외다. 일찍이 고갱이란 화가도 이를 지켜보고 있었소. 왈, "세잔은 세자르 프랑크의 제자다. 늘 고풍스런 큰 오르간을 타고 있다"라고. 세잔과 김종삼은 어떻게 만났을까. 「카드놀이하는 사람들」처럼 만났음에 틀림없소. 어떤 종파에도 속하지 않는 종교화의 화폭이 그것. 이러한 김종삼을 제일 부러워한 사람이 있었소. 나도 김현도 아니고 시인 김춘수였소. 내용 없는 아름다움과 무의미의 시론의 차이에 늦게나마 절망한 김춘수는 김종삼에게 시 한 편을 헌정했소.

> 이제야 알겠구나/넙치 두 눈이 뒤통수로 가서는/서로를 흘겨본다 서로를 흘겨본다/그래서 또 오늘 밤은/더욱 가까이에 보이는/세자르 프랑크의 별.
>
> —「이런 경우—김종삼 씨에게」

오르세미술관의 보물은 많겠지요. 「카드놀이하는 사람들」도 그 중의 하나. 그것이 별처럼 내게도 빛나는 것은 김종삼, 김현, 김춘수와의 관련성 때문이자 그 이상이오. 그것이 인류의 영원한 유산의 하나이기 때문이오.

2011. 10. 17.

국보 제100호는 어떻게 있어야 하는가

국립중앙박물관에 들르거든 전통 염료 식물원을 거닐어야 하오. 거기 오리나무가 기다리고 있으니까. "산새도 오리나무 / 우에서 운다"(「산」, 1923)라고 소월이 읊은 그 나무. 5리마다 이정표를 삼았음에서 나온 이름. 산새는 왜 하필이면 오리나무 위에서 울었을까. 그야 삼수갑산을 넘고자 함이었지요. 그런데 오리나무 열매에서 무슨 물감이 나왔을까. 조금만 품을 들이면 여뀌풀이 고개를 숙이고 있소. 시골 갯가에 지천으로 붉게 피는 여뀌엔 독이 있어 물고기를 마비시켰소. 당대의 묵객이자 황금단추 여섯 개를 뽐내던 정지용이 교토의 가모가와(鴨川) 개울가에 서서 멋들어지게 읊었것다. "여뀌풀 우거진 보금자리 / 뜸부기 홀어미 울음 울고"(「압천」, 1927)라고. 그 바로 옆에 꼭두서니가 있소. "보라, 옥빛, 꼭두서니 / 보라, 옥빛, 꼭두서니 / 누이의 수틀을 보듯 / 세상을 보자"(「학」, 1955)라고 미당이 읊었것다. 춤이야 어느 땐들 골라 못 추랴. 소불하 이처럼 이 나라 시 문학사를 꿰뚫지 않고 어찌 거울 못에 비친 금강 소나무 숲으로 나서리오.

금강송 숲이라, 이번엔 만해 선사의 도움이 절망되오. "꽃도 없는 깊은 나무에 푸른 이끼를 거쳐서 옛 탑 위에 고요한 하늘을 스치는 알 수 없는 향기는 누구의 입김입니까"(한용운, 「알 수 없어요」, 1926)라는 속삭임이나, 금강송 숲 여기저기 보물처럼 감추어진 옛 탑들에서 나는 향기 말이외다. 그런데 보시라. 저 화려한 배롱나무의 새빨간 잔치. 그것도 다섯 그루나 되는 화사함. 꽃도 없는 데서 나는 향기를 만해가 심안(心眼)으로 헤아리고 있었다면 지금 저기 배롱나무의 찬란함이란 무엇이리오.

이 물음에 통째로 맞서는 것이 이 나라 국보 제100호이오(국보에 번호 달기란 총독부 시절의 유제인 듯). 남계원(개성) 7층석탑이 그것. 통일신라기의 양식에다 위로 중후함을 가진 고려 초기의 양식. 어째서 국보급에 올랐을까. 그야 아름다우니까. 미란 새삼 무엇이뇨. "우리를 침묵게 하는 것이자, 우리를 절망케 하는 것."(라이너 마리아 릴케) 말을 바꾸면 국보이기에 아름다울 수밖에 없는 것. 아름답기에 국보일 수밖에 없는 것. 그 이유를 아시는가. 국립중앙박물관이 슬기롭게도 이렇게 밝혀 놓았소.

오른쪽에 홍제동(서울) 5층석탑(보물 제166호)을 세웠소. 위층이 소실되었음에도 5층이라 우기며 아슬아슬하게 서 있는 5층석탑을 보시라. 층마다 덧받침이 있는 특이한 양식이기에 보물급에 오를 수조차 있었소. 이래도 부족한가, 라고. 누구의 구설수에라도 오를까 봐 국보 제100호는 수천사(원주) 3층석탑으로 뒤를 감시하게 했소. 이래도 할 말이 남았는가, 라는 표정으로 국보 제100호가 서 있소.

여기까지 오면 문득 만해 선사의 심안이 사무치오. 꽃도 없는 데서 나는 향기 말이외다. 시방은 한겨울. 화사한 다섯 그루의 배롱나무도 앙

상한 몸뚱이만 남았고, 오리나무도 그러하오. 여뀌풀, 꼭두서니는 흔적조차 사라졌도다. 그들은 모두 푸른 이끼를 걸쳤도다. 이끼를 거친 그들은 옛 탑을 꿈꾸도다. 옛 탑 위로 트인 고요한 하늘을 스치는 알 수 없는 향기를 꿈꾸고 있도다. 박물관 동관 실내 3층에 앉아 계신 반가사유상(국보 제83호)과 함께 꿈꾸고 있도다. 미륵처럼 계절을 온몸에 담으며 민중과 더불어 길거리에 앉아 계신, 아 우리의 국보 제100호의 사람다움이여.

2011. 11. 14.

역사 감각의 단절성과 문학 교육의 연속성

간접화로서의 상상력

그대는 별로 훌륭한 인간 축에 들지 않는다. 그대보다 잘난 비평가도 이 나라에서는 많다. 그럼에도 지금껏 글쓰기에 종사하며 제법 뻗대고 산 이유는 무엇인가. 이런 소리를 암묵 속에서 나는 수없이 들었소. 그럴 적마다 번번이 입을 다물었소. 이유는 실로 단순하오. 그들이 내게 묻지 않은 것이 있다고 믿었던 까닭이오. 곧 문학 교사가 그것. 문학 교사, 그것도 이 나라의 문학 교사란 새삼 무엇인가. 또 말해 제법 괜찮은 문학 교사란 무엇인가. 그 의의, 그 방향, 그 지향성, 요컨대 그 존재 이유를 조금 말해 보면 안 될까.

아주 얕은 비유, 그러니까 현실적 과제에서 시작해 볼까요. 교과서 말이외다. 누가 교과서를 만들었는가. 집필자가 제일차적 준거이겠지요. 그가 어떻게 현실을 보았을까. 이 물음만큼 결정적인 것은 달리 없소. 그것은 두 가지로 정리될 수 있소. 하나는 그의 세대 감각. 누구나 저마다의 세대 감각이 있는 법. 가령 4·19세대의 비평가 김현에게 우선 물어보시라. "내 나이는 1960년 이후 한 살도 더 먹지 않았다"라고 대답할 것이오.

386세대도 사정은 마찬가지. 민족 중흥의 역사적 사명을 띠고 이 땅에 태어났으니까.

세대 감각 이외에도 개인사적 경험이란 것이 커다란 복병으로 가로놓여 있소. 계층 문제를 비롯, 가정 문제, 가족 사항, 신체 조건 등등에 의한 경험적 영역도 엄연히 있는 법. 국사 교과서의 경우라면, 배우는 학생들은 어느 쪽을 택해야 할까. 각 세대 감각이 미치지 않는 시대(개화기쯤)까지만 다루기가 그 한 가지 해결 방도. 세대 감각은 피해 갈 수 있지만 개개인의 경험 감각만은 또 걸림돌로 남는 것. 요컨대 단절된 역사가 쓰일 수밖에.

이러한 단절에 연속성을 부여하는 것에 문학의 몫이 있다고 나는 생각하오. 문학만이 그렇다고 나는 우기지 않소. 그 한 가지일 뿐. 그렇지만 이 한 가지에 주목해 보시라. 매년 거의 70만 명이 수능 고사를 보고 있소. 언어 영역의 문제를 보셨는가. 문제의 반 이상이 문학 작품으로 채워져 있소. 고등학교에서 문학은 선택이지만 실제로는 필수에 다름 아닌 것. 입시용 문학 교육이라 작품 읽기에 앞서 외우는 쪽에 기울어져 있다 하더라도 대학에 가기 위해서는 그 누구도 이 나라의 '문학적인 것'을 피해 갈 수 없지 않겠소.

그렇다면 문학이야말로 세대적·개인적 경험의 산물이 아니겠는가. 그런 것이 어째서 연속성의 한 가능성일까. 이에 대한 답변이 바로 상상력이외다. 현실 반영이든 초월이든 폭로든 개혁이든 이 범주에서 벗어나지 않을 때 비로소 문학일 수 있는 것. 곧 상상력이란 간접화된 현실이라는 사실을 가리키오. 간접화란 또 무엇인가. 가령 이태준의 「돌다리」(1943; 2012년도 수능시험 출제)를 보시라. 땅을 소중히 여기는 아비 세대와 신식 공부한 아들의 갈등에서 오는 세대 감각이란 거기에 멈추지 않고 일제와 근대화와도 겹쳐 있지요. '돌다리'라는, 그러니까 "나는 서울 갈 생각 없다"라는 아비 세대의 감각은 사실의 반영이 아니고 언어로 구축된 상상의 산물이라는 것. 요컨대 이 상상력이 단절을 잇고 있소. 돌다리 이쪽과 저쪽을 잇는 연속성 말이외다. 돌다리도 잇는 것이 상상력이니까.

2012. 1. 9.

번역 제일과 비평 제일

찬(讚), 말라르메의 제자 황현산

스테판 말라르메(Stéphane Mallarmé, 1842~1898)를 모르고도 시를 쓸 수 있을까. 이런 질문은 말라르메를 읽지 않으면 시를 쓸 수 없다는 것과는 별개이겠지요. 프랑스어를 모르고도 시인이 될 수 있으니 말이외다. 그렇지만 언어를 모르고도 시를 쓸 수 있을까. 이 나라 문학판에서 이런 물음을 처음으로 던진 비평가가 있었소. 이름은 김현. 첫 평론집 『존재와 언어』(1964)에서 그는 존재, 언어, 허무, 부조리 등을 선험적인 것으로 인식한 마당에서 출발했소. 외젠 이오네스코의 『수업』(1950)에서처럼 '나의 조국은 프랑스다'를 이탈리아어로 번역하면 '나의 조국은 이탈리아다'임을 까맣게 몰랐으니까. 이 사실을 깨쳤을 때 그는 돌연 자기를 잃었고, 정신을 차리자마자 '서정주 시는 한국어다'에로 치달았소. 뒤돌아봄도 없이. 이때 제일 섭섭한 이가 있다면 말라르메 그 사람이 아니었을까. 모처럼 말라르메의 대문을 가까스로 기웃거리다 도망쳤으니까.

이를 멀찍이 바라보던 사람이 있었소. 이름은 곽광수. 프로방스의 들판에서 바슐라르를 공부한 그는 물질적 상상력을 천착하는 과정에서 현지 비평계에 앞서 이른바 여가작용(與價作用)의 중요성을 체계적으로 파악하는 수준에까지 육박했소. 그 결과는 어떠했던가. 모두가 다 아는 김현승론(「김현승의 시세계」, 1995). '사라짐과 영원성'이라 부제를 붙인 이 비평이 한편으로는 바슐라르론이자 또 한편으로는 김현승론이었음에 주목할 것이오. "나의 가슴에 언제나 빛나는 희망은/너의 불꽃을 태워 만든 단단한 보석"(「빛」, 1959)이라고 김현승이 읊었을 때, 그 보석이 신을 향한 지향성으로서의 견고성이지만 동시에 영원한 고독이 아니었던가. 이 균형 감각에 또 주목할 것이오. 물방울이나 입김 하나에도 자칫하면 깨질 수 있는 그런 감각이 여기 살아 숨 쉬고 있소. 바로 여기에 머물 수밖에. 이 아슬아슬한 경지란 그 자체가 장관의 하나가 아니었던가. 바로 여기가 함정이라고, 한국 문학은 말해야 했소. 현장 비평에로 나아오라는 목소리에 그는 귀 막고 눈 감지 않았던가. 김현이 너무 조급했다면 곽광수는 너무 신중했던 것.

이들이 놓인 것은 무엇이었을까. 이런 물음을 무수히 던지며 마침내 한 가지 답변을 찾아낸 사람이 있었소. 이름은 황현산. 엄격히는 말라르메 번역가. 이론이 아니라 시 작품에 육박하기가 그것. 프랑스어 '나의 조국은 ~이다'를 한국어로 번역해도 이탈리아어로 번역해도 사정은 똑같은 것. 황현산이 말라르메 시집을 번역한 것은 2005년. 드디어 말라르메가 한국어 속으로 왔소. 아니, 그렇지 않소. 말라르메 스스로 한국에 와서 옷을 벗었소. 전대미문의 방식으로 말이외다. 시인은 낱말들에 주도권을 양도하고 낱말들은 하나하나가 다르기 때문에 서로 출동함으로써 동원(動員) 상대에 놓이고 낱말들은 마치 보석들 위에 길게 뻗어 있는 허상의 불빛처럼 그 상호 간의 반영으로 점화되는 모습으로 말이외다. 다시 말해 전대미문의 순수함에 이를 때까지 거울을 희박하게 함으로써 자기 자신의 모습을 보려고 한다는 것. 이 순간 시인은 사라지고 낱말들이 허상의 보석처럼 상호의 반영으로 점화된다는 것. 요컨대 말라르메는 『이지튀르*Igitur*』(1870)서 보듯 시와 산문을 상호반영으로 점화했던 것.

황현산이 겨냥한 것은 말라르메의 시와 산문이었던 것. 또 말해 황현산이 겨냥한 것은 시 번역과 산문 번역을 허상의 보석처럼 상호의 반영으로 점화코자 했던 것. 요컨대 말라르메가 선 자리에 가장 가까이 갔던 것. 이 방식이 조용한 뇌성을 일으켰음을 보는 일은 즐겁고도 유익하지만 또 무섭지 않을 수 없소. 『초현실주의 선언』 번역(앙드레 브르통, 미메시스, 2012)과 비평집 『잘 표현된 불행』(2012)이 그것. 이 조용한 뇌성이 어째서 가능했을까. 또 무서운 것일까. 아무나 할 수 없는 그런 것이기에 그러하오. 황현산의 목소리를 들어 보시라. "나는 내가 할 수 있는 일 가운데 가장 잘할 수 있는 일이 프랑스의 상징주의부터 초현실주의까지의 중요 문헌들을 번역하고 주해하는 작업이라고 생각"한다고. "내 생각이 시에서 벗어난 적은 없으며 [……] 일상에 쫓기고 있는 한 마음의 평범한 상태가 어떻게 시적 상태로 바뀌는가를 알려고 애썼다"라고. 현장비평도 당연히 이 사정권 속의 일.

2012. 4. 2.

문학관은 어떻게 있어야 하는가

고바야시 다키지와 윤동주

『죽어가는 천황의 나라에서』(1995)의 저자 노마 필드 교수(미국 시카고대 동아시아학과)는 전후 일본 여성과 미군 사이에서 태어나 경계선에서 자랐던 것으로 알려져 있소. 내가 만났을 때 상냥한 중년 일본 여성의 풍모를 지니고 있었소. 당연히도 일본어를 입 밖에 내지 않았고 저서도 영어로 내고 있었소. 그러한 씨가 「게공선」(1929), 「당 생활자」(1933) 등의 작가로 고명한 고바야시 다키지(小林多喜二, 1903~1933)의 평전 『고바야시 다키지』(2009)를 일어로 썼소. 일어로 쓰는 것은, 더구나 이 작가에 대해 쓰는 것은 불가능하다고 했는데도, 편집자의 권고에 힘입어 그렇게 했다 하오. 내가 이 장면에서 문제 삼는 것은 이중어 글쓰기의 차원이 아니오. 이 책에 실린 사진 한 장 때문이오.

고문 끝에 죽은 고바야시의 시신 사진이란 과연 무엇일까. 이 물음 속에는 고바야시 다키지 문학관(홋카이도 오타루 문학관)에 전시된 그 사진이 오늘날엔 철거되었다는 사실에 관한 것도 들어 있소. 이 사진이 문학관에 전시되는 것은, 고문사(拷問死)가 국가 행위로서는 도리에 벗어

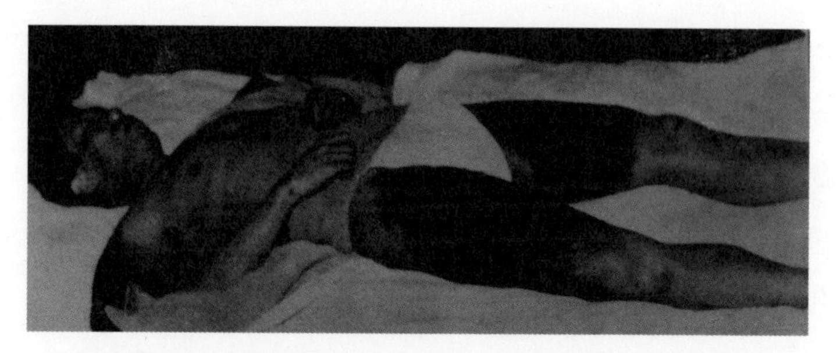

일본의 대표적인 계급주의 작가 고바야시 다키지. 계급투쟁과 인간해방을 위해
지하운동을 전개하다 경찰에 체포, 고문에 의해 1933년 29세의 젊은 나이로 사망했다.
사진은 고문의 흔적이 고스란히 남은 그의 시신.

난 짓이었다는 사실을 모르는 사람, 알아도 글자로만 읽고 아는 사람들에겐 중요할지 모르오. 그러나 그 비참함은, 오히려 그 때문에 그로부터 눈을 돌리거나 그것을 마음에서 지우기 쉬운 것이오. 더욱 딱한 것은, 만일 전시되었어도 눈앞의 이미지에 익숙해져 의식에서 사라질 것이 예상된다는 점이오. 이미지가 범람하는 시대인지라 인터넷에서 그 사진을 보고 그리 대단한 것은 아니라고 반응하는 것이 그 증거일 수도 있으리라.

이런 것들은 이웃 일본의 사정이라 우리와는 일단 선을 그을 수 있는 사안이라 할지 모르오. 그러나 따지고 보면 꼭 그렇지는 않소. 윤동주가 후쿠오카 형무소에서 옥사(1945.2.16)한 것도 바로 고바야시 다키지를 죽게 한 그 힘이었으니까요. 역저 『윤동주 평전』(송우혜, 1998)에 따르면 규슈 의대의 생체 실험에도 이용당한 흔적이 있었다 하오. 모 구청에서 윤동주 문학관을 마련했다고 하오. 그러나 심히 아쉬운 것은 윤동주의 시신 사진이 전무하다는 점이 아닐까 싶소. 친지, 가족들의 증언만 있을 뿐이외다.

잠깐, 지금 그런 여유 있는 말을 늘어놓아도 될 일일까. 그렇군요. 윤동주의 경우는 너무도 가파른 형국이었으니까. 윤동주 문학관에서는 이 문제를 어떤 방식으로 다스려야 적절할까요. 쉽사리 해답이 떠오를 수는 없지 않을까. 교토 소재 도시샤(同志社)대학에 가 보시라. 거기 교정에 윤동주 시비가 세워져 있소. 어째서 이 대학은 또 교토 시민들은 그래야 한다고 판단한 것일까. 하늘과 바람과 별을 노래한 이 시인의 죽음이 이런 시비라도 세워야 치유될 수 있는 실마리라도 될지 모른다는 믿음에서 행한 일이 아니었을까. 도시샤대학의 미션스쿨다운 발상이라면 또 교토 시민의 문화적 감각이라면, 이 치유 행위가 한일 간의 그것에 미치지 않고 인류사의 굴절에 대한 치유를 향하고 있었다고 볼 수 없을까.

2012. 9. 16.

아직도 월평을 쓰고 있는가

그대 아직 꿈꾸고 있는가

아직도 월평(月評)을 쓰고 있는가, 라고 주변에선 말하오. 내가 생각해도 딱하오. 한 가지 위안이 될 수 있는 것은 서머싯 몸의 충고이오. 작품 쓰기(창조)가 자기 일이 아님을 깨닫지 않는다면 위대한 비평가가 될 수 없다, 라고. 이 점을 분명히 알고 나면 작품 구경하기(감상)가 조금은 자유롭다고나 할까요. 비평가란 당연히도 해박한 지식을 갖추어야 되거니와 동시에 공감도 그만큼 갖추어야 된다는 것.

문제는 이 '공감'에 있소. 그러한 공감이란, 마음에 없는 것을 참을 수 있는 일반적 무관심이 아니라 각양각색의 것에 대한 활기 있는 기쁨에 근거를 두어야 한다는 것. 공감을 이끌어 내기 위해서는 철학, 심리학, 자기 나라의 전통 등에 해박해야 하지만 각양각색의 것에 대한 활기 있는 기쁨도 있어야 한다고 했을 때, 내 머리를 스치는 것은 비평가란 요컨대 '위대한 인간이다'로 정리된다는 점이외다.

여기까지 생각이 미치자 덜컹 겁이 났소. 그럴 수밖에 없는 것이, 아직도 월평 쓰고 있음이란 위대한 인간되기에 노력하는 중이라는 오해를 살 수도 있으니까요. 기를 쓰고 월평 쓰기에 임한 것은 기를 쓰고 위대한 인간이 되기 위한 욕심 때문이라고. 귀동냥으로 듣건대 석가세존께선 지혜 제일의 사리자(舍利子)에게 넌지시 말씀하셨다 하오. '색불이공 공불이색'(色不異空 空不異色)이라고. 진작 이를 배웠더라면 욕심 따위가 끼어들 틈이 어디 있었으랴.

여기까지 말해 놓고 보니 스스로도 거창하게 들려 마지않아 딱하기에 앞서 민망함을 물리치기 어렵소. 실상 딱하기 위해서도 또한 민망하기 위해서도 아니었소. 그냥 월평을 썼을 뿐이오. 쓰다 보니 다음 세 가지 점에 생각이 미쳤소. 좋은 물건이냐 아니냐를 아는 가장 손쉬운 방법이 그 하나. 복요리나 포도주 맛이란 많이 먹어 본 사람이라야 식별 가능한 법. 그렇지만 이 경험주의에는 당연히도 그 한계가 따로 놓여 있소이다.

새로운 맛이 등장하면 속수무책이라는 점이 그것. 포도주 맛을 송두리째 뒤엎는 경우를 연상해 보시라. 「메밀꽃 필 무렵」(이효석, 1936)의 세계 속에 「날개」(이상, 1936)가 등장했을 때 비평가는 어째야 했을까. 겨우 최재서가 이를 수습할 수 있었소. 그렇지만 이런 상대주의 역시 그 한계가 저만치 바라보이오. 그것은 절대주의라고 부를 만한 것이외다. 말을 바꾸면 비평가의 '자기의식'이 최후로 남는 것. 언어에서 도출된 것이자 동시에 역사에서 도출된 것이 아니었던가. 곧 정신으로 나아가는 길목.

아직도 월평을 쓰고 있는가. 딱하고도 민망하기 짝이 없음을, 딱하고도 민망하게 살펴보았소. 이쯤 되면 나만의 방도도 실토하지 않을 수 없소. 작품과 작가의 구별 원칙이 그것이오. 작가는 누구의 자식이며 어디서 낳고 어느 골짜기의 물을 마셨는가를 문제 삼지 않기. 있는 것은 오직 작품뿐. 이 속에서 나는 시대의 감수성을 얻고자 했소. 내 자기의식의 싹

이 배양되는 곳.

어째서 그대는 세상 속으로 나와, 작가·현실·역사와 대면하지 않는가. 그럴 시간이 없었다고 하면 어떨까. 그러나 작품 속에서 만나는 세계가 현실의 그것보다 한층 순수하다는 믿음을 갖고 있소. 카프카의 표현을 빌리면, 그 순수성이란 이런 것이오. 밤이면 모두 푹신푹신한 침대에서 담요에 싸여 잠들지만 따지고 보면 원시시대의 인간들이 그러했듯 들판에서 땅에 머리를 처박고 언제 적이 쳐들어올지 몰라 가까스로 잠이 든 형국이라고.

2013. 1. 7.

문학사와 세대 감각

학병세대, 전중세대, 4·19세대, 386세대

"내 육체의 나이는 늙었지만 내 정신의 나이는 언제나 1960년의 18세에 멈춰 있다. 나는 거의 언제나 4·19세대로 사유하고 분석하고 해석한다" 라고 말한 문인(김현)이 있었소. 어떤 전중세대 문인(박완서)이 말했소. "스무 살에 성장을 멈춘 영혼이다"라고. 학병세대(이병주)는 이렇게 썼소. "자학할 정도로 반성하고 자조할 정도로 자각해야 했고, 일제에의 예속을 문학자 개인의 책임으로 해부하고 분석해서 그러한 청산이 이루어진 끝에 새로운 문학이 시작되어야 했었다"라고.

어째서 이런 지경에까지 이르렀을까. 혹시 이렇게 말해 볼 수 없을까. 우리는 심한 충격을 입은 당사자가 되풀이해서 그 일을 외부에다 발설함을 자주 보게 되오. 그렇게 함으로써 심리적으로는 자기를 해방하는 한편 그 사건을 논리적으로 객관화하고자 한 것이라 말하기도 하나, 이러한 체험의 집단 감각이란 역사의 흐름 속에서 자기가 한 몫이 다음 세대에 의해 희석됨에서 오는 분노라 할 수 없을까. 새로운 세대의 막강하고 무지한 힘에 짓눌린 구세대의 발악이 아닐까.

행인지 불행인지 나는 학병세대, 전중세대, 4·19세대 등을 엿볼 수 있는 구경꾼이었소. 늘 문학사라는 관습적인 자리에 서 있으면서 투명한 유리 너머로 세대 감각을 보고 있었다고나 할까. 그래, 잘났군, 역사도 현실도 무서워 구경꾼으로 일관했군. 이렇게 누군가 빈정대도 할 말이 없소. 문학사 때문이라 해봤자, 그 문학사를 만드는 사람에 비하면 하수인에 지나지 않는 존재. 이 점을 알아차리는 것이 나다운 점이라고 누군가 추켜 준다 해도 사정은 마찬가지.

386세대의 어떤 연구자는 국민교육헌장을 외며 자랐다 하오. "우리는 민족 중흥의 역사적 사명을 띠고 이 땅에 태어났다"는 것. 국가, 민족이 개인의 어떤 의식보다 우위에 선다는 것. 존재 자체에서 오는 고독, 불안, 공포 따위란 꿈도 꾸지 마라, 이 땅에 태어날 때부터 민족주의가 주어졌으니까. 이런 작가는 어떻게 살아야 할까. 아마도 4·19세대나 전중세대처럼 세대 감각을 움켜쥐고 계속 글을 썼을 터이지요. 가령 『레가토』(2012)의 작가 권여선의 경우는 어떠할까요. 70~80년대를 재해석한 바탕 위에서 그네를 타듯 자신을 추스려야 했을 터. 추체험과는 다른 것이지요. 어떻게 다른가. 한 박자 늦게 타야 가능하기 때문. 주인공 오정연이 전라도 방언을 썼다면 이젠 경상도 방언으로 말하기. 한 박자 늦을 수밖에. 왜냐면 소설 문법과 어법이 가로놓였으니까. 피 흘린 문장이라도 이 문법이나 어법에 걸리면 여지없이 도려내야 하는 것. 문학사가에겐 이것이 훤히 보이지요.

이제는 내 차례. 나는 어떻게 여기까지 이르렀던가. 내가 속한 세대 감각이란 이른바 식민지 사관의 극복이었소. 북이나 남이 각각 국가를 세웠지만 이것의 극복 없이는 헛것일 따름. 왜냐면 그래 봤자 조만간 식민지가 될 테니까. 이 사관이 과학인지 제국주의자의 조작인지 증명해 보이라는 국가적 사명감이 주어졌던 것. 이런 세대 감각을 은밀히 감추고도 문학사가로 될 수 있을까. 카프카나 보르헤스를 빙자하여 세대 감각을 초월하는 소설 문법과 어법에 끊임없이 물어보는 것 외에 무슨 방도가 따로 있었을까.

2013. 4. 1.

최하층 조선인 종군위안부

리코란과 하루미

두루 아는바 우리 쪽에서는 정신대, 저쪽에서는 종군위안부라 하오. 일본 대사관 앞의 소녀상이 이 점을 상기시키고 있소. 그게 그거라고 말하기 쉽지만 그리 간단한 것은 아니외다. 정신대라 할 때는 강제 동원에 주안점이 놓인다면, 종군위안부라 할 땐 형식상 강제 동원을 포함하고 또 자진하여 나선 경우를 두루 가리킴이라 하겠소. 대체 자진하여 나선다는 것이 있을 수 있을까. 가족을 위해, 생계를 위해, 기타 이유를 들 수 있을 법하오. 이런 경우는 일본인의 경우도 있지 않았을까 싶소. 이 문제를 둘러싼 소설 두 편을 잠시 음미해 보면 어떠할까.

5년간 병사로 종군했던 작가 다무라 다이지로(田村泰次郎)의 「메뚜기蝗」(1946)와 「춘부전春婦傳」(1947). '메뚜기'란 현지에선 '황'(蝗)이라 부르는 것. 일본군을 황군(皇軍)이라 함에 발음까지 대응되는 것. 「춘부전」은 일본 군인들이 한 위안부를 두고 일으키는 갈등을 다룬 것. 이 두 작품에서 위안부들은 그 나름의 서열이 형성되어 있는데 상층이 일본 여인, 그 다음 중국 여인, 최하층이 조선 여인이라는 것. 사상자가 속출하는 오지에서 주인공은 두 가지 임무를 띠고 있었소. 하나는 전사병을 위한 관을 가져가는 것. 다른 하나는 여인 다섯 명을 데려가는 것. 이 최하층 위안부가 조선 여인이었소. 이름은 모두 일본식. 하루미, 사치코 등등.

문제는 바로 여기에서 오오. 어째서 하루미들이 종군위안부로 되었을까. 돈 벌기 또는 좀더 나은 삶을 위해서라는 것. 이는 인간으로서의 본능이라 할 만한 것. 그렇지만 전쟁은 이런 기회를 앗아갔고, 마침내 이른 곳이 최하층 종군위안부. 작가는 매우 신중하게도 하루미들이 매운 고추와 마늘을 먹는다는 것, 그것이 몸에 배어 있다는 것, 또 유년기 동네 굿판에 부모를 따라갔다는 것 등만을 지나가는 말투로 언급했을 따름이오. 굳이 조선인이라는 의식이 없는 증좌라고 할 수도 있을 법하오. 이 「춘부전」을 영화화한 것이 「새벽의 탈주暁の脱走」(1950). GHQ(연합국총사령부)의 일곱 번의 수정 명령을 거쳐 가까스로 승인된 것. 유명 영화감독 구로자와 아키라(黒沢明)도 참여할 만큼 가까스로 얻어 낸 것.

작가는 종전 후 전쟁 체험을 염치도 없이 팔아먹는 인간들을 속으로 뜨겁게 경멸한 것이 아니었을까. 그 증거로 작가는, 아시아를 뒤흔든 「소주야곡蘇州夜曲」, 「중국의 밤支那の夜」 등을 부른 가수이자 미모의 영화배우인 리코란(李香蘭)을 전선에서 만났음을 상기하고 있소. 실상 이 「춘부전」의 창작 동기도 안면 있는 리코란과의 극적 만남에 있지 않았을까 싶소.

중국인이라 선전된 리코란이란 누구인가. 본명 야마구치 요시코(山口淑子). 리코란이 종군위안부 문제에 심혈을 쏟고, 그 모임의 부이사장직에 오른 곡절이 실로 단순해 보이오. 어느 날 쑤저우(蘇州)에서, 한때 그녀의 영화 촬영을 잠시 지켜본 조선인 위안부를 만났다는 것. 목사의 딸인 그녀가 강제로 잡혀 위안부 노릇을 할 때 잠시 리코란을 보았다는 것. 이런저런 곡절이 있기야 했겠지만, 이 사건으로 리코란이 조선인 위안부 모임의 부이사장을 맡았다는 것. 이는 어쩌면 특등석에 앉아서 내려다보는 시선이 아니었을까. 「춘부전」의 최하층 위안부 하루미와 견줄 때 그런 느낌을 떨쳐 내기 어렵소.

2013. 4. 29.

한국 근대시 일역의 두 가지 현상

김소운과 김시종의 경우

지난 연말(2012.12) 윤동주 시집『하늘과 바람과 별과 시』가 일본 이와나미(岩波)의 문고판으로 나왔소. 한국 시의 대표인 윤동주의 시집을 이제야 가까스로 번역하여 문고판으로 만든 것. 잠깐, 그래 봤자 활자문화의 쇠퇴기에 지나지 않는 것. 그렇기는 하오마는 지금이라도 오히려 특정한 의의가 있다고 판단되었을지도 모를 일이오. 일찍이 이 출판사는『조선동요선朝鮮童謠選』(1933)과『조선시집朝鮮詩集』(1954)만을 문고판으로 만들었소. 아마도 그들은 김소운을 염두에 두지 않았을까 싶소.

내가 살펴본 바에 의하면 김소운의 번역 태도에 그 나름의 특징이 있지만 그 중에도 가장 뚜렷한 것은 원어와 대조하지 않았음이오. 조선어 말살의 분위기라 그랬는지는 헤아리기 어려우나 좌우간 김소운 식으로 했소. 가령 원시를 자기 식으로 고쳐서 번역한 경우를 들 것이오. 박용철의「고향」(1931)에서 "마을 앞 시내도 옛자리 바뀌었을라"를 "동네 우물도 옮겨졌으리"라 했것다. 그 때문에 사학자 모 씨의, 일제에 대한 공격 자료로 인용될 지경이었소. 또 다른 김소운 식 번역법에서 주목되는

이와나미 문고판 『하늘과 바람과 별과 시』

것은 이상 시 두 편의 일역이오. 이 두 편의 원시는 일실되어 지금은 찾을 길이 없는 것. 「잠자리」와 「하나의 밤」이 그것이외다. 원시가 없는 마당이고 보면 일역(日譯)을 통해서만 가까스로 수습할 수 있는 것이오. 김소운 식 일역이 지닌 한 가지 현상을 엿볼 수 있소. 옳고 그름과는 별개인 한 가지 '현상'으로 말이외다.

또 다른 일역의 '현상'은 어떠할까. 이런 물음에 맞서는 것을 윤동주 시집의 역자에서 엿볼 수 없을까. 역자는 김시종. 1926년 원산에서 태어난 씨가 제주도에서 일본으로 밀항해 간 것은 1949년으로 되어 있소. 재일교포 1세로 왕성한 시 활동을 해왔고, 근자에는 『잃어버린 계절失くした季節』(2011)로 다카미 준(高見順) 문학상을 수상한 바도 있다고 하오. 김소운 번역과 대비해 볼 때 비로소 그 의의가 선명해지지 않을까 싶소. 첫째 역시를 먼저 싣고 원시를 따로 실었다는 점. 둘째 당연히 자료 소개는

역자의 소임일 테지만 그것이 과도하다는 느낌을 떨치기 어렵다는 점. 윤동주의 고향, 연희전문 유학, 도일, 일본의 대학 편력, 그리고 마침내 후쿠오카 형무소에서의 고문과 죽음 등등은 한국 독자에게는 익히 알려진 바이나 이를 모르는 일본 독자에겐 친절한 안내서가 될 수도 있겠지요. 그러나 김시종은 자료를 송우혜의 고명한 『윤동주 평전』(1998)에 전적으로 기대고 있소. 김소운이 보았다면 독창성의 결여라 여길지도 모르겠소.

어째서 자기 해석으로 번역하지 못했는가. 이에 대해 김시종 씨는 할 말이 없을까. 그것이 씨의 시인으로서의 내공이 아닐까 싶소. 윤동주의 시는 정감과 서정을 혼동하는 그런 근대 서정시가 아니라 수법조차 뛰어나 현대적인 '사고의 가시화'를 이루고 있다는 것. '사고의 가시화'란 사고하는 것이나 생각하는 것을 눈에 보이듯 그린다는 것. 근대 서정시와 현대시의 차이를 한마디로 말하면 생각하는 것을 노래처럼 말하는가, 생각하는 것을 묘사하는가의 차이라는 것. 나는 이 점을 존중하오. 윤동주 시에서 깨친 씨의 독창성이니까.

2013. 6. 24.

『미의 법문』과 인간다움

일본 민예관은 내게 적지 않은 위안을 주었소. 일본 체류 시절 나는 도쿄대학 도서관에서 실로 난감한 상태에 빠져 정신을 가눌 수 없었소. 제국 일본의 지적 축적 앞에 놓인 나는 얼마나 초라했던가. 그럴 때마다 나는 지척에 있는 일본 민예관에 들르곤 했소. 이층 남쪽에는 유년기에 어머니께서 사용하시던 농이며 집기들, 아버지께서 소를 부리며 사용하시던 구유(야나기가 전라도에서 이치봉으로부터 인도받은 것) 등이 그대로 전시되어 있지 않았겠는가. 더구나 복도에 있는 이조석인(미륵보살) 앞에 서면 그럴 수 없이 마음이 놓였소.

이 일본 민예관을 세운 사람은, 많은 한국인이 알고 있듯이, 야나기 무네요시(柳宗悅, 1889~1961). 귀족 가문에서 태어난 그는, 이런저런 곡절로 당시 식민지였던 한국에 와서 닥치는 대로 민예품을 모아 갔소. 석굴암에 대한 논문을 썼고, 광화문을 헐어서는 안 된다고 총독부에 대들었소. 그의 아내 가네코(兼子)가 동아일보 첫번째 독창회(1920)를 열기도 했소. 민태원의 소설 「음악회」(1921)가 이를 소재로 한 것.

영국인 버나드 리치(Bernard Leach)와 더불어 그는 조선의 미를 '비애'라 최종 규정했소. 그가 온 힘을 쏟아 알아낸 것 중 도무지 이해할 수 없는 일은 다음 두 가지라 했소. 이토록 훌륭한 미학을 창출한 한국인에 대해 일본인의 존경심이 희박한 것은 왜일까. 이것이 그 한 가지요. 다른 하나는, 이 점이 중요한데, 어째서 옛 물건만을 돌아보고 새로운 물건을 등한시하는 것일까라는 것이오. 왜냐면 물건 만들기란 예나 지금이나 마찬가지이니까. 물론 야나기는 민예품을 모으고 사랑했을 뿐이오. 조선의 민예품도 그 중 극히 일부에 지나지 않소. 일본 시골의 민예품, 오키나와 민예품도 방대하게 수집했으니까. 그가 유독 한국 민예품만 모으고 즐겼다고 보는 것은 착각이오.

과연 착각일까? 여기에는 필자 개인의 소감도 있소. 일본 민예관 개관 이래 지금까지도 어머니, 아버지께서 쓰시던 한국 민예품이 상설 전시되어 있으니까. 그는 무슨 유언을 남겼을까. 나는 그것을 알아보고자 했으나 어디에서도 찾을 수 없었소. 만년에 가서 야나기는 유명한 『미의 법문』(1949)을 썼소. 거기엔 이렇게 적혀 있소. 불경 무량수경엔 48대원(大願)이 있는데 그 중 네번째 왈, 나라 중에 하늘과 사람이 형색이 같지 않으면 또 아름답고 추한 것이 있으면 나는 결코 정각(正覺)을 취하지 않겠다, 라고. 그렇다면 민예품의 원리란 여기에서 말미암은 것이 아니었을까.

또 하나 내게 감동적인 것이 있소이다. 앓다가 72세로 죽었다는 것. 그때 부인이 부처님께 빌어 보시지요, 했것다. 그때 야나기는 벌컥 성을 내며 부처님이 무슨 소용이오, 했다고 그 아들이 증언하고 있소. 문득 이 대목에서 나는 『하늘과 바람과 별과 시』(윤동주, 1948)를 간행한 정병욱

일본 근대 공예운동가이자 수집가 야나기 무네요시

을 떠올리오. 학병으로 끌려갈 때 이 수고(手稿)를 어머니께 보관해 달라고 부탁했소. 다행히 살아 돌아온 아들에게 어머니는 장롱에서 비단 보자기에 싼 수고를 주었다 하오. 그러나 누이의 증언에서는 마루 밑에 두었던 것이라 하오. 야나기와 정병욱은 이 점에서 인간스럽소.

2013. 9. 16.

작품 개작에 대한
보르헤스의 우정 어린 충고

저작권법에 의하면 작품은 일정한 기간 동안 작가의 소유물인 만큼, 자기 작품에 자기가 손질하는 것을 탓할 사람은 세상에 있을 수 없소이다. 가령 이 나라 소설판에서 최인훈의 『광장』은 『새벽』에 발표(1960.11)될 때 500매 중편이었소. 그러나 오늘날은 어떠할까. 내가 아는 한 열 번 이상을 개작했소. 남쪽도 북쪽도 아닌 중립국 인도 선박에 실려 제3국으로 가던 주인공이 갈매기 두 마리의 호통을 듣고 바다에 투신하오. 남쪽 여자와 북쪽 여자로 상징되는 갈매기. 오늘날 판에는 남쪽 여자는 간 곳 없고 북쪽 여자와 그 아기로 되어 있소이다. 남쪽 여자를 깡그리 무시한 처사. 이에 대해 분노할 필요는 없소. 좀 지나면 필시 또 고칠 테니까.

황순원은 어떠한가. 「나무들 비탈에 서다」(1960)를 아홉 번 고쳤소. 완성도 높은 작품을 지향하는 투철한 작가의식이었을까, 백철과의 논쟁에서 보듯, 모종의 강박관념이었을까. 이문구의 『장한몽』은 또 어떠할까. 계간지 『창작과비평』(1970년 겨울호~1971년 가을호)에 연재된 것과 단행본(삼성출판사, 1973)을 비교해 보면 약간의 손질 외에는 발표 시 그대로로 되어 있음을 알 수 있소이다.

홍성원의 『남과 북』(문학과지성사, 2000)에 오면 『세대』 연재분(1970~1975)과 제목조차 다르오. 아예 작가는 로마시대 검투사를 이끌어 와 6·25란 남과 북이 검투사 놀음을 했고, 세계는 특등석에 앉아 즐기고 있다고 했소이다. 죽어나는 것은 남과 북. 여지없는 대리전쟁. 동족상잔. 주인공은 천한 포수 출신의 사병 박노익. 이등병에서 상사까지 오른 명사수로 6·25를 겪습니다. 휴전이 되자 명사수도 명분을 잃고 돈벌이에 눈이 시퍼렇지요. 권총을 발굴하여 잘 손질하다가 우발적이고 어이없는 실수로 중대장 한 대위를 죽게 하지요. "중대장님 오발입니다. 제가 오발을 했습니다"라고 외칩니다. 그로부터 4~5분 뒤에 한상혁 중대장은 죽습니다. 죽어 가면서 "아니야, 아니야"라고 거듭 내뱉습니다. 6·25에 대한 총체적 비판이 집약된 대목.

앞에서 말했듯 작품은 작가의 소유물입니다. 작가가 작품을 그때그때 개작하는 것에 시비를 걸 수야 없소이다. 그렇지만 이런 개작에 대한 우정 어린 충고를 한 작가도 있소. 충고에 귀 기울일 자는 없다 해도. 평생 단편만 써온 남미 호르헤 루이스 보르헤스(Jorge Luis Borges, 1899~1986)가 그이오. 단편만을 쓴 이유는 간단하오. 장편이란 잡스러운 것을 쓸데없이 채우는 것이니까. 마치 그 잡스러움이 소설 본질인 듯이. 왈, 자기의 작품을 개작하는 것은 될 수 있는 한 적게 하시오, 라고. 그래 봤자, 오히려 덧칠하는 것이다, 라고. 자기 본래의 목소리, 자기 자신의 리듬을 발견하는 때가 오는 법이니까, 라고. 약간의 손질 따위로는 도움이 되지 않는다, 라고. 아르헨티나에서 낳고 유럽에서 자라고 공부한, 유럽 서사문학 전통의 적자라고 자부한 보르헤스가 만년 하버드대학 특

강 『문학의 기법*The Craft of Verse*』(2000; 국역본 『보르헤스, 문학을 말하다』, 박거용 옮김, 르네상스, 2008)에서 한 말이외다.

2013. 10. 14.